ことのは文庫

サイレント・ヴォイス

想いのこして跡をたどる

松田詩依

MICRO MAGAZINE

Contents

目次

サイレント・ヴォイス

想いのこして跡をたどる

第一話　散らかった部屋

遺品が乱雑にゴミ袋の中に放り投げられていく。その瞬間、それらは「ゴミ」になった。

「はー、かったりぃ。汚ぇし、臭ぇしさあ……ゴミくらい自分で片付けて死ねって」

マスク越しの篭もったため息が聞こえたのはこれで何度目だろうか。

その傍らで黙々と作業を続けている柊つかさの手に力が篭もった。

家主の死と同時に時が止まった部屋。積み上げられた埃と、漂う死臭。確かにここで延々と作業を続けるのは中々堪えるだろう。でも、それが自分たちの役目だというのに。

故人が遺した想いが詰まった品をこの男は「ゴミ」と吐き捨て無造作に捨てていく。人手不足で突然駆り出されたなにも知らないバイトだ。

仕方ない、仕方ない。仕方がない——。

つかさは苛立ちを抑えながら遺品を仕分けていく。それに触れると瞼が震えた。

脳内に写真のように故人の記憶が映し出される——それを残留思念、と彼女は呼んだ。

遺品に遺った人の想いや記憶を彼女は読み取ることができる。

　これは奥さんと行った旅行先で買った湯飲み。あれは娘さんからプレゼントされたお酒。そしてこれは——。

「はいはい、これもゴミ！　どうせ全部捨てるんだから、さっさとやっちまいましょうよぉ、センパイ！」

　映像がぷつんと途切れた。顔をあげると、男はつかさの手からラッピングされたクマのぬいぐるみをひったくって乱雑にゴミ袋に捨てたではないか。

「それ、おじいさんがお孫さんにプレゼントしようとしていたぬいぐるみ……」

「なにワケわかんないこといってんすか。いちいち気にかけてたら日が暮れますよ。あ、もしかしてセンパイ、部屋の掃除するときにアルバムとか見返しちゃうタイプっすか」

　下品に笑う男。つかさは黙って視線を落とす。ゴミ袋に入れられたぬいぐるみはリボンがほどけ、無様に潰され、見るも無惨な状態になっていた。

「大丈夫っすよ、俺こう見えても掃除は得意なんで！　このゴミ全部捨て——うぐっ！」

　空き缶が詰まったビニール袋が飛んできて、男は呻（うめ）き声を上げてゴミの山に倒れた。

　もちろんそれを投げたのはつかさだ。彼女は部屋の中をずんずん進み、男から袋をひったくる。そして目をまんまるにして驚く彼を怒りの形相で見下ろした。

「邪魔だから出ていってください。遺品を粗末にする人間はゴミ以下です」

　そう吐き捨ててつかさは男をゴミ袋と一緒に部屋の外に放り出したのだった。

＊

「はじめまして。今日からお世話になる柊つかさです」

一週間後。まだ肌寒い五月初旬の札幌の街――柊つかさは「メメント」という遺品整理会社にいた。

「いやあ、人手不足で困ってたんだよ。優秀な遺品整理士さんがきてくれて嬉しいなあ」

彼女の隣で社長の笹森がにこやかに拍手をしている。

「優秀な遺品整理士？　どうみても新卒だろ」

「これでも二十七です」

怪訝そうに見下ろす長身の男、洲雲をつかさはじとりと見上げ履歴書を突き出した。

「五年で十社以上変わってるじゃねえか。一体何があったんだよ」

「諸事情あり、どこもクビになりました」

直球すぎる返答に洲雲がぎょっとする。

「いや、でもね。本当に柊さんは優秀なんだよ！　この若さで千件以上の現場経験！　一度、現場を手伝ってもらったことがあって、それ以来密かに引き抜きたいと思ってたんだよ」

「五年で千件以上って……働いてた会社がブラックすぎやしないか」

「いえ、私がお願いして無理矢理現場をねじ込んでもらってました」

　真顔のつかさに全員の顔が引きつった。

「でも、これだけ会社変えても転業してないってことは、この仕事が嫌になったわけじゃないんでしょう？　なんでウチに来たわけ？」

　席に戻った洲雲から履歴書を渡された、事務員の紗栄子（さえこ）が疑問を零（こぼ）す。

「遺品を粗末に扱ったバイトの子を現場から閉め出したらクビが飛びました」

「ははっ！　クレイジーガールじゃん」

　不満げに答えたつかさに笹森は苦笑し、洲雲は唖然とし、紗栄子は腹を抱えて笑った。

　あの後、バイトの青年は会社に逃げ帰り上司に報告したらしい。そこまではよかった。

「そのバイトさんの親御さんが中々厄介な方で、パワハラだの名誉毀損だの、精神的苦痛で社会復帰ができないだのと会社に殴り込んできまして……訴えられそうになりました」

「うわぁ……」

「非があるのは遺品を粗末に扱った彼のほうですといったら、更に逆上してしまって」

　そりゃそうだ、と聞き手たちが大きく頷（うなず）く。

「この女をクビにしろ！　とバイトさん親子が一歩も退かないので、精神的に参った社長が私のクビを切りました。それで路頭に迷いかけていたところを、笹森社長に拾って頂いた次第です」

　ことの顛末を話し終え、静まり返る社内。

　経緯を語るつかさの表情はやはりひとつも変わらない。まるで他人事だ。

「……彼女、本当に雇って大丈夫なんすか」

　洲雲の懸念をかき消すように笹森がつかさの肩を掴んで前に押しやった。

「ま、まあ！　そういうことだから！　仕事熱心な柊さんには即戦力として早速今日から現場に入ってもらうから、洲雲くんよろしくね！」

「いきなり俺が組まされるんですか⁉」

「ウチはただでさえ人手が足りないからね。一人でも戦力が増えるのはありがたいでしょ」

　にこにこの笹森に対し、洲雲は不満げにつかさを見る。

「……柊さん、だっけ」

「はい」

「お前、本当に使えるんだな？　現場で足引っ張られるのはごめんだぞ」

　つかさは小柄で細身。長身の洲雲と頭一つ分以上の差がある。どう見ても力仕事ができるようには思えない。

「問題ありません。大抵いつも一人で仕事をしているので。寧ろ二人の方がやりづらい」

「……喧嘩売ってんのか？」

「現場で足引っ張られるのはごめんですから」

「な――っ」

売り言葉に買い言葉。眉をつり上げる洲雲をつかさは挑発するように見据える。

こいつとは絶対にやっていけない。睨み合う二人の頭には同じ考えが浮かんでいた。

「はいはい、二人とも朝から喧嘩しないの！　柊さんは車通勤で免許持ってるし、運転係。洲雲くんは道案内よろしくね。それじゃあ二人とも張り切っていってらっしゃーい！」

仲裁に入った笹森がそれぞれに鍵と資料を渡し、二人を外に押しやる。

そのままにこやかに閉めきられた扉の前で二人は呆然と立ち尽くしていた。

「……行くか」

「……そうですね。よろしくお願いします」

二人は同時にため息をついて動き出す。

「あ、そうだ」

社用車に乗り込む寸前、つかさは思い出したように足を止めた。

「ひとつ、お願いがあるのですが」

「なんだ？」

「私が遺品に触れている間は極力声をかけないでください」

「話しかけられると仕事に集中できなくなるタイプか」

いいえ、と答え運転席の扉を開けたつかさが洲雲を見る。

「遺されたものが見えなくなってしまうので」

「は?」

「私、残留思念が見えるんです」

「……は、あ?」

意味がわからずぽかんと口を開けた洲雲は、つかさから「早くしてください」と呆(あき)れられるまで動くことを忘れていたのだった。

*

洲雲は絶望した。柊つかさと仕事をやっていける自信が微塵もなかったからだ。

「着きました」

「あー……お疲れ」

会社を出て三十分。現場に到着しすぐに車を降りた洲雲は思いっきり深呼吸をした。

「どうしました?」

「息が詰まるんだよ!」

新鮮な空気を肺いっぱいに取り込む洲雲。車内の空気が悪すぎて窒息するかと思った。何故ならこの柊つかさ、道中一言も言葉を発しなかったのだ。洲雲が気を遣って話題を振っても素っ気ない。幾ら整理士として優秀だとしても明らかに人として欠落しているところがある。こんな女と仕事できるか！　というのが、洲雲の所感である。

「お前よく今まで就職できてたな。人とコミュニケーション取る気ないのか！」

「現場に出さえすれば後は自由でした。他の社員と関わる必要もなかったので。面倒だし」

「ああ、そうかよ。ウチの会社はみんな話し好きだし、依頼人と話す機会も多い。喋らなくてもいいからせめて笑顔でいろ」

表情ひとつ変えないつかさに洲雲は自分の口元を指さして笑顔を作った。

「洲雲さんの笑顔も怖いですが」

「うるさい。生まれつきこういう顔だ。ほら行くぞ」

現場は市街から少し離れたマンションの一室。洲雲は先陣を切ってチャイムを鳴らした。

「おはようございます。メメントの者です。遠木(とおき)様のお宅で間違いなかったでしょうか」

『ああ、お待ちしておりました！』

インターホンの向こうから声が聞こえ、間もなく中から女性が現れた。

「本日はよろしくお願い致します」

「こちらこそよろしくお願いします。さ、どうぞどうぞ」

簡単な挨拶を交わし、いよいよ家の中へ——と思ったところで傍にいるべきはずの人物がいなかった。

「……おい、なにしてんだ」

つかさは扉の前に突っ立って廊下の奥をじっと見つめていた。

「おい。新入り、早く行くぞ」

「……あ。はい」

もう一度声をかけてようやく彼女はこちらに気付いたようだ。

(本当に大丈夫なのかよ)

思い出したように後をついてくるつかさ。洲雲は不安で胃痛を覚えながら家に上がった。

「すみません。引っ越し準備中で散らかってて」

遠木のいうとおり、玄関から真っ直ぐ続く廊下には口の開いた段ボールが置かれている。

「お願いしたいのはこの部屋です」

廊下の中ほどで遠木は足を止めた。

閉めきられた扉には『ＭＩＹＡＫＯ』と書かれたプレートが下がっている。

「………どうぞ」

若干の間。ゆっくりと扉に手をかけた遠木は開けることを躊躇(ちゅうちょ)し、道を譲るように後退した。彼女の視線は足元に落ち、その表情はどことなく沈んでいる。

「どうぞ、入ってください」

「失礼致します」

だから代わりに洲雲が開けた。

ドアノブを捻り、扉が僅かに開いた途端、篭もった空気と埃臭さが鼻をついた。

「これは――」

片付けられていく家の中で、その部屋だけが時を止めていた。

あまりにも乱雑に物が散らかった部屋だった。

目測でおおよそ六畳の洋室だ。ベッドの上や床をはじめ、机や棚が女性物の服や鞄、雑誌やぬいぐるみなど、ありとあらゆる物で埋め尽くされていた。

世間一般にいう「汚部屋」だが、整理士の二人は顔色ひとつ変えなかった。

「この部屋にあるものは全て処分とのことでしたが、お間違いありませんか」

「……はい」

洲雲の問いにやや間を空けて遠木が答えた。

「三年前に娘が亡くなってから、何度も片付けようと思ったんですが……一人ではどうにもできなくて。すみません」

遠木は部屋から目を逸らし、廊下の床板をじっと見つめている。

「お悔やみ申し上げます。私たちが責任を持って娘さんの遺品整理をさせていただき──」

洲雲の声を遮るように彼の横を人影が通りすぎた。

「お、おい」

それはつかさだった。

物で溢れた部屋につかつかと踏み込んだ彼女は中央で足を止め、全体を見回す。

「──可哀想に」

「え？」

呟（つぶや）かれたその一言に遠木の表情が強（こわ）ばる。

「娘さんとはこの家にお二人で？」

「はい……そうですが」

「確かにここをお一人で片付けるのは大変ですね」

「ええ、まあ」

つかさは愛想笑い一つせず淡々と質問を投げかける。世間話というよりはまるでなにかを探るように──。

「娘さんとはあまり仲が良くなかったんですね」

「……は」

つかさはベッドの上に倒れていたテディベアを持ち上げ、埃を払いながらいい切った。突然のことに虚をつかれた遠木はぽかんと口を開けている。

「この部屋には長らく入ってないいんですか？」

「……娘が亡くなってからずっと。どうしても、思い出してしまって」

力が篭もる遠木の手。それをつかさはちらりと見て、ふうんと息を零す。

「それだけ思い入れが強いんですね。もしくは、この部屋を見たくない理由がある、か」

「……あなた。さっきからなにがいいたいんですか。いきなり可哀想とか……」

含みがあるようなつかさの視線に遠木の声に不愉快と怒りが入り交じっていく。それを知ってか知らずかつかさはさらに続けた。

「逝くべき場所に逝けず、遺された想いがずっとここに留まって動けずにいる。だから、可哀想、だといったんです」

「なっ！　あなたになにがわかるの!?」

「すみません！　彼女は新人なもので！」

かっとなった遠木がつかさに掴みかかったので、洲雲は咄嗟に間に入って止めた。

「ちょっと部屋を見ただけでなにがわかるの！　それがいけないっていうの!?」

自分じゃどうしようもできないから、勇気を出してお願いしたのに！

「大変申し訳ありません！　私から厳しく注意しておきますので！」

声を荒らげていた彼女は洲雲に宥(なだ)められ、はっと我に返った。震える手がつかさから離れ、一歩、二歩と距離を取っていく。

「……っ。かっとなって申し訳ありません。どうか……どうか、娘の部屋をよろしくお願い致します。私は居間で片付けをしておりますので」

涙で濡れた目元を隠し、肩を丸め、彼女は逃げるようにして部屋を出ていった。

「お前、なに考えてんだ！」

二人きりになった瞬間、洲雲は声を荒らげた。だが、つかさの表情は一切変わらない。

「私は事実をいっただけです。この部屋のせいでご遺族は前を向けていない」

「だからってあんないい方はないだろう！　遺族を追い詰めてどうするんだ！」

「この状態で放置されているほうが、故人も遺された物も報われません。そのために私たちはここに呼ばれたんでしょう？」

「……あ？」

真剣な眼差しでつかさはぐるりと部屋を見回した。

「私たちの仕事はただの掃除じゃない。いらないものを全て捨てれば終わりというものでもないはずです。故人が最後に遺した想いを私たちは見つけ、遺族に伝える義務がある」

埃が溜まり、時が止まった部屋の中心でつかさは手を合わせ黙祷を捧げる。

暫しの沈黙のあと、彼女は目を開け軍手をはめた。

「――はじめましょうか」

＊

「これはこっち」

床に落ちていた鞄を持ち上げたつかさは一瞬動きを止め、段ボールへ入れた。

「これは違う」

今度は傍にあった化粧ポーチを別の段ボールに入れる。

「おい、なにしてる」

割り込んできた声でつかさの集中がぷつんと切れた。

そちらの方をじろりと見上げると、怪訝な顔をした洲雲が彼女を見下ろしていた。

「どういう分け方してるんだ。どっちも同じ箱に入れて大丈夫だぞ」

「感じる物は右へ。そうでもない物……捨てる物は左に」

「……は？」

二つの段ボールを交互に指さすと、洲雲の眉間の皺がさらに寄った。

「この部屋にある遺品は全て処分しろって依頼だぞ」

「もしかしたら、後になってご遺族の気持ちが変わってやっぱり取っておいてほしいとなるかもしれません」

「そりゃあ……そうだが」

「そうなる可能性が高そうな遺品を、あらかじめ除(よ)けているんです」

「どうして赤の他人のお前にそんなことがわかるんだ」

「遺品に触れると教えてくれるんです」

真顔で答えたつかさに洲雲から返ってきたのは沈黙だった。

「……信じてませんね」

「すんなり信じられるはずないだろ」

「まあ、そうですよね」

つかさは気にもとめず、布団を畳んでゴミ袋に詰めた。

「物には時々強い想いが遺ります。私はそれを『残留思念』と呼んでいます」

「死んだ人間が見えるのか」

「いいえ。幽霊ではありません。私が見えるのはその物に遺された想いだけです」

たとえば、とつかさはこの部屋で最初に触れたテディベアを手に取った。

「このぬいぐるみからは温かさが伝わってきます。故人が小さな頃からとても大切にしていたのでしょう」

つかさの目には大切にそれを抱きしめている幼い少女の姿が見えた。

だからこれは右の箱へ。

次にベッドの下に転がっていた片方だけのピアスを拾い上げる。

「これからは冷たさが感じられます。大切にしていたけれど、悲しい思い出があったのかも」

今度は泣きながらそれを放り投げている制服姿の少女が見えた。

だからこれは左の箱へ。

「そして、これはなにも感じない。だから左に」

その横に転がっていたキーホルダーはすぐに箱へ入れられた。

「触れただけでわかるんです。それが故人にとって大切な物なのか、そうではないのか」

「さっき母親に妙なことをいったのはソレが見えていたからなのか」

「いいえ。勘です」

「はあ!?」

間髪を容れずに答えられ、洲雲は目を丸くする。

「あの方は明らかに様子がおかしかった。部屋に入るのを躊躇していました」

「娘さんに先立たれて悲しんでいるんだろう」

「それでも、娘さんが亡くなってから三年は経っていると仰っていました。その間一度も部屋に入らないなんてことありますか？　母親なら特に。我が子の思い出を辿りながら掃除をしてみよう、と一度くらい思うはずです。でも、この部屋にはその形跡がない」

つかさは手を止め、再び部屋を見回して洲雲を見る。

「それにこの部屋……違和感がありませんか？」

「物は多いが、ゴミは少ない。それに、やけに片付けがしやすい」

「ええ。一見散らかっていますが、物がまとまって置いてある。服だって綺麗に畳んだままです」

作業を開始してから三十分。二人は床や机を埋め尽くすように散乱していた雑誌や雑貨、服などを仕分けしていた。

だが、どうにもおかしいのだ。タンスの服は全て出されて布団の上に広がっている。けれどぐしゃぐしゃに置かれているのは表面の数枚だけで、一枚捲ってみるとその下には綺麗に畳まれた服が置かれているのだ。

机の上の雑誌も綺麗に積まれていた。まるで本棚から出してそのまま机の上に置いたかのように。

「これじゃあ出した物を元通りにしてくださいっていわれてるみたいで気持ちが悪い。これだけ汚れていればお菓子のゴミのひとつくらい出てきてもおかしくないのにな」

洲雲のいうとおりだった。埃こそ積もっているものの、汚部屋特有の飲食物やティシュなどのゴミは一切出てこなかったのだ。

「まるでわざとこの部屋を散らかしたみたいですね」

「んなことしてなんの意味があるんだ」

さあ、とようやくつかさが手を止めた。

「きっとお母さんは、この部屋に入らないんじゃない。入れないんですよ。その証拠に、彼女はこの部屋を一切見ようとしなかった」

遠木は部屋に入ったときからそわそわと視線を泳がせていた。

まるで一秒たりともこの部屋にいたくないというように。

「この部屋は三年前から時が止まったままです。何かが原因で娘さんの思いが留まって動けずにいる。だから、可哀想だといったんです」

「その原因がこの部屋にあるっていうのか？」

「恐らく」

目の前に広がるのは途方もない遺品の山。この中から原因を探し当てるなんて無謀だ。それでも遺品整理を行い、この部屋を真っ新な状態に戻すことが二人の使命でもある。

「死んだ人には二度と会えない。でも、その人が遺した物はこの世にずっと残り続ける。私は彼らが遺した想いを見つけて、遺された人に伝えたいんです」

つかさの瞳はまるで宝を見つめているように輝いていた。

「お前が前の職場でバイトを閉め出した理由がなんとなくわかった気がする」

洲雲はふっと笑みを零し、再び手を動かし出す。

「お前の話を信じたわけじゃねえ。でも、なにか見つけたら教えるよ。仕事のついでにな」

「……洲雲さんって意外といい人なんですね」

「意外は余計だ。ほら、無駄話しちまったから……ペース上げるぞ」

軽口を叩きつつ、二人は遺品整理を再開した。机回りは洲雲、床はつかさが担当した。

それ以降の会話はない。けれど車内のような重苦しい雰囲気はもうなかった。

＊

それから半刻が過ぎる頃、物で埋め尽くされていた部屋はフローリングが顔を出し、机の上は綺麗さっぱり片づいた。

「小物は大体片づいたな。後は大物の家具を解体するだけか」

「ええ……」

終わりが見えたところで一休止。洲雲がぐるりと肩を回すその横で、つかさは浮かない顔をしていた。

「その顔だと、まだ見つけられてないみたいだな」

「……はい」

家具と箱詰めされた遺品だけの室内をつかさは不服そうに見回した。

「お前の勘違いだったんじゃないのか。母親の態度も考えすぎだろう」

「そんなことありません。必ずあるはずなんです」

「とにかく、帰るときにちゃんと謝っておけよ」

意地を張る新人に洲雲はため息をついた。

彼女は時折洲雲が分別していた遺品も見にきていた。ふと遺品に触れては首を傾げて去っていく。つまりは彼女が探していた物はなかった、ということだろう。

「見つからないモンは幾ら探しても出てこねぇよ。ほら、机解体して表に出すぞ」

洲雲は励ますようにつかさの背中を叩いた。

解体をはじめたのはワゴン付きの学習机。年季の入りようから、長年使っているのだろう。

諦めきれないつかさだが、時間は無情に過ぎていく。仕方なく洲雲の手伝いに回った。

「上の本棚外れたから、まずそれを運んでくれ」

「はい――」

納得いかないまま机に触れた瞬間、つかさは目眩に襲われた。

指先から突き刺すような痛みが伝わってくる。次に一瞬の熱さと、体の芯まで凍えるような冷たさが身を貫いた。

「どうした、大丈夫か。そんなに重くなかったと思うが……」

「……いえ」

突如よろけた彼女をぎょっとした洲雲が支えた。

「ありました」

「なにが」

「それです」

白く点滅する目を押さえながら、つかさは机を指さした。

燃えるような怒りと、深い悲しみ、そして強すぎる後悔。様々な感情が一気に押し寄せ、つかさの目からは意図せず涙が流れだす。

「お、おい！　しっかりしろ、大丈夫か!?」

「っ、声が大きい。少し、静かにしてください……見えなくなる」

自分の意志とは無関係に溢れる涙を拭(ぬぐ)いながらつかさは目を凝らした。

机の前に二十歳ほどの女性が立っている。それはテディベアとピアスに触れたときに見えた彼女と同一人物に違いない。

「……なにが、あったの」

彼女は机の前で泣いていた。怒りでも、悲しさでもない、やるせなさそうな表情で。

凍えるような寒さに耐えながら、つかさはそれを見守る。もう少しでなにかがわかる──。

「──なにかありましたか？」

扉が開くのと同時にぱちんと女性の姿は消えた。

「大丈夫ですか!?」

遠木が立っていた。涙目で顔面蒼白のつかさを見て狼狽えている。

「……ほら、大きな声出すから来ちゃったじゃないですか」

「いや、いきなりあんな風になったら誰だって驚くだろ！」

つかさは深く息を吐いて体勢を戻す。思念が消え、寒さも目眩も全てが消えていった。

「お騒がせして申し訳ありません。あとは大きな家具を運び出せば完了ですので」

「そうですか……あれだけ物があったのにあっという間に片付くんですね」

「ええ。とても片付けやすい部屋でした」

広々とした部屋を見て遠木はほっとしたように胸を撫で下ろす。

「あの、そちらの段ボールは」

「アルバムや、ぬいぐるみ。娘さんが大切にされていたと思われる物を除けておきました」

遠木の表情が曇った。

部屋の隅に置かれた段ボールが二箱。中身はアルバムや、ぬいぐるみ、写真など。つかさが残留思念を感じ取った遺品、そして洲雲が選んだ遺品が入っていた。

「全て捨ててとお願いしたはずです」

また、遠木は視線を逸らした。

「捨てた物はもう二度と元に戻りません。それでもいいんですか？」

「……え、ええ」

それでもつかさは遠木を真っ直ぐ見据え続ける。

「この机も、なにもかも。娘さんの遺品は捨てていいんですね？　娘さんが生きていたという証を、この世から全て消し去ってしまっても本当にいいんですね？」

「余計なことしないでください！　全部捨ててと、いっているでしょう!?」

挑発するようなつかさの言葉に遠木が語気を強めた。ようやく上げた目には涙が滲んでいた。

「辛いのよ。娘の物を見ているだけで。この部屋にいるだけで。娘が……私を責めているような気がしてならないの」

「……なにがあったんですか？」

黙っていた洲雲が口を開いた。

「詮索されたくなければもう踏み込みません。娘さんの遺品は全てこちらで処分します。

ただ……話したいことがあるのならばお聞きします。ご遺族のお話を聞いた上で遺品を整理するのが我々の仕事なので」

「それが本人にとってどれだけ大切な物でも、この家を一歩出ればもうゴミになってしまう。買い直したとしても同じ物は、もう二度と戻ってこないんです」

二人の言葉を受け止めて、遠木は固く目を閉じた。

「娘は私なんかに遺品を持っていて貰いたくないでしょう。それに……」

震える手で目頭を押さえる。そして絞り出すように呟いた。

「片付けたって……謝る相手がいないんだから」

ゆっくり目を開けた遠木は悲しそうに娘の部屋を見つめた。

◇

親子喧嘩をする度に家の中が綺麗になった。

些細なことで娘といい争った夜。翌朝起きると、台所に溜めてあった食器が綺麗に片付いていた。

「綺麗にしてくれてありがとう」

そういうとソファでスマホを弄(いじ)っていた都(みやこ)はこちらを見ずに「ん」とだけ返事をした。

重苦しかった空気が少しだけ和らいだ気がした。

また些細なことで喧嘩をした。ちょっと大人げなくいいすぎてしまった。

だから娘の部屋を掃除した。綺麗に掃除機をかけて、布団も洗濯して、ぴかぴかに。

「……お母さん。ありがと」

学校から帰ってきた娘が恥ずかしそうにお礼をいった。

母娘(おやこ)は似たもの同士の頑固者。喧嘩をしても、自分が悪いと思っても、「ごめんね」の一言が切り出せない。だから、謝罪の代わりに掃除をする。

そこで「ありがとう」が返ってくれば仲直り。母娘の不思議なルールだった。

喧嘩の理由なんて本当に些細なこと。あの時だって、そう。

あれは確か高校卒業後の進路を娘と話していたときだった。

「いつもいつも偉そうに！　お母さんなんか大っ嫌い！　高校卒業したらこんな家出てってやる！」

「な――」

ただ、思い出すのは怒りの篭もった娘の眼差(まなざ)し。

嫌いだといわれたことははじめてで、頭を殴られたように目眩を覚えた。最初は驚き、続いて悲しみ。そして怒りに変わっていく。

「洗い物しなくちゃ」

最悪な気分で朝を迎え、台所に向かうと洗った食器がカゴに伏せてあった。

「あ……」

背後に立っていた娘と目があった。互いに固まって気まずい沈黙が流れる。

「あり……」

ありがとう。

そのたった一言がいえなかった。

昨晩の光景が脳裏に蘇り、どす黒い感情が込み上げてくる。

先に目をそらしたのは母だった。

「お母さ――」

ぎこちない娘の声をかき消すように母は乱暴に食器をしまいはじめた。

少し後ろで娘がたじろぐ気配がする。なにかいいたそうな視線を背中に感じた。だが、母はそれを一切無視した。

「っ……。無視することないじゃん」

蚊の鳴く声でそう呟いて、娘は家を出ていってしまった。朝食も食べずに。

扉が閉まり、遠ざかっていく足音。部屋が静寂に包まれると同時に怒りが凪いだ。

「……最低ね」

それと同時に酷い罪悪感に襲われた。

自分はなんてことをしてしまったんだろうと台所に座り込んだ。

だから娘の服を綺麗に洗濯した。そして夕食には彼女の好物の唐揚げを沢山作った。

「ごめん。ごめんね……ううん、ごめんなさい」

揚げ物をしながら子供みたいに言葉を繰り返す。自分が悪い。ちゃんと謝らないと。

時計の音だけが聞こえる食卓で、緊張しながら娘の帰りを待っていた。

「いらない。友達と食べてきたから」

いつもより遅く返ってきた娘は目もあわせずに部屋に消えた。

しんとした食卓に、冷めた大量の唐揚げが取り残されていた。

一人で食べる夕食は味気なく、結局食べきれなかった唐揚げは捨ててしまった。


その日を境に母娘は一切口をきかなくなった。

お互いになるべく目をあわせないようにした。会話もなく、家の中は息苦しくなった。

「卒業したら家、出ていくから」

「……ああ。うん」

そんな生活を続けて半年が過ぎ、高校卒業まで二ヶ月を切った冬の夜。

台所に立つ母に思い出したように報告した娘は床を見つめていた。

何気ないふりをした母の手は震えていた。全身が凍えるように寒かった。

そんな返事をしたいわけじゃない。このままじゃ駄目だ。

「……都」

蛇口を捻り、洗ったコップを置く。母は勇気を振りしぼって娘を見た。

「都。明日、帰ってきたら二人で話そう。ううん、お母さんから話があるの」

我が子相手だというのに声は震えていた。一瞬目があって、母が目をそらす。

「うん、わかった」

娘はそういって部屋に戻っていった。

久々の会話らしい会話。娘が答えてくれたことに母の心は少しだけ軽くなった。

「……明日こそ」

今度こそちゃんと謝ろう。明日こそちゃんと仲直りするんだ。

そう心に決めて、ベッドに入った。中々寝付けず気がつけば朝になっていた。

「都？」

寝坊したと飛び起きて、寝室を出ると家の中はしんと静まり返っていた。

時計の音だけが聞こえる。きっと娘はとっくに学校に行ってしまったんだろう。

「あれ……」

そして違和感に気付く。

家の中が綺麗に片付いていたのだ。埃一つなく、ぴかぴかに。

「あの子こんなに綺麗に……」

娘の気持ちが痛いほど伝わってきた。

彼女はすぐに謝ろうとしてくれたのに、最初に拒んだのは自分だった。

謝るべきなのは娘ではない。思わず溢れそうになる涙を抑えて母は廊下に出る。

「私も、ちゃんとしないと」

向かったのは娘の部屋。

娘は片付けが得意ではない。ここ最近部屋に入ることはなかったから、どんな風になっているだろう。それでも時折物音がしていたから、最低限のことはしているに違いない。

今日は仕事が休みだから普段は行き届かない床や窓枠の掃除をしよう。そして——。

「ちゃんと謝るんだ」

そう心に決めて、母は半年ぶりに娘の部屋を開けた。

「——なにこれ」

目の前に広がる惨状に言葉を失った。

服は散乱し、本棚から本が全て出されていた。まるで八つ当たりするように部屋を散らかしたみたいに。

呆然と母親が固まっていると、静寂を切り裂くように電話が鳴った。

『もしもし、遠木さんのお電話ですか。遠木都さんが事故に——』

「は」

頭の中が真っ白になった。

信じられないくらい散らかった部屋の入り口で母親は娘の死を知らされた。

謝ることもできないまま、部屋は掃除されないまま、その扉は固く閉じられたのだった。

◇

「娘が亡くなってからずっと部屋に入るのが怖かったんです。もっと早くに謝っていれば、こんなことにはならなかったのではないか……って」

遠木の話をつかさと洲雲は黙って聞いていた。

「何度も片付けようとしたんです。でも、部屋を見る度に娘が私を責めているような気してなにもできなかった。娘は私を心底嫌っていたんでしょう」

「それはきっと違うと思います」

話を遮ったつかさに遠木は不思議そうに首を傾げた。

「この部屋を片付けていて、私たちは違和感がありました」

「違和感？」

「今までいくつも部屋を片付けてきました。でも、この部屋は何かがおかしいんです。ゴミが散らばっているわけでもない。必要以上に汚れているわけでも、ない。まるで、わざと散らかしているみたいな気持ち悪さが」

「わざと散らかす？　そんなことをして、一体なんの意味が——」

「娘さんは、お母さんに部屋を片付けてほしかったんじゃないでしょうか」

つかさの言葉に遠木が息を呑んだ。そして彼女はもう一度机に触れる。

ちくりと走る痛み。怒りと、悲しみの感情が伝わってきた。

「お母さんに掃除をしてもらって、なにかを伝えたかったんです」

流れ込む思念に耐えながら、つかさはそっと引き出しを開けたがそこはもうもぬけの殻だった。

「洲雲さん、引き出しの中にはなにが入っていましたか？」

「特別な物は入ってない。ノートや筆記用具、あとはメモ帳とかだな。ああ、でも一カ所だけどうしようもないところがあってな……」

洲雲が指さしたのは、机の下に入っていた付属のワゴン。その一番下の深い引き出しだった。

「鍵がかかって開かなかった」

洲雲のいうとおり、取っ手のすぐ横には小さな鍵穴がついていて開かなくなっている。

「鍵は？」

「机中探したが出てこなかった。お前も鍵らしきものは見なかっただろう」

　ええ、と頷きながらつかさは部屋を見回した。

「……まさか」

　その一言に二人は振り向いた。目を泳がせる遠木を見て、つかさが一気に距離を詰めた。

「鍵、あるんですか？」

「いや……でも、気のせいかもしれません」

「心当たりがあるなら教えてください。あの引き出しの中にあるかもしれないんです。娘さんが遺した物が！」

「……ちょっと待っていてください」

　つかさの勢いに押されるように、遠木は慌てて部屋を飛び出した。

「本当にあるのかよ」

　暫くして戻ってきたとき、遠木の手には小さな鍵が握られていた。

「あの日、娘の部屋に入ったとき……入り口にこの鍵が落ちていたんです」

「お借りします」

　ひったくるようにして鍵を受け取ったつかさは机に駆け寄った。

　鍵穴にゆっくりと鍵を差し込み、右に回す。

「――開いた」

かちんと音が鳴り、三人は閉められていた引き出しを恐る恐る開けた。

「……なにも、ないな」

そこは空っぽだった。つかさは動揺を隠せず目を泳がせた。

「違う。そんなはずない」

信じられずにぺたぺたと空の引き出しを触る。

「諦めろ。探したってなにも出てこない」

「だって、なにもないところに鍵をかけますか!?　絶対、絶対なにかあるはずなんです」

掌を通して残された想いが伝わってくる。

ひりひりとした痛み。そして深い悲しみ。横を見ると、都が座って引き出しを覗き込んでいた。

『――ごめんね。ごめん。ごめんなさい』

空の引き出しに向かって、そう呟いたように聞こえた。とても悲しそうな表情で。

「もう、いいです。もう十分です。ここまで綺麗にしてくださったんですから」

懸命に探すつかさの手を遠木が止める。

「いいんです。全部、捨てちゃってください。いつまでも思い出して、泣いてしまうから」

都とよく似た顔で笑った母の目から涙が一筋零れる。

　それを見上げ、つかさは手の力を抜いた。

「洲雲さん」

「なんだ」

「ここ、ぶっ壊してください」

　引き出しの底板をつかさは指さした。突然の提案に洲雲は目を丸くする。

「なんで俺がそんなこと……」

「いいから。思いっきり上から押してください。遠木さん、机壊してしまっていいですか」

「え、ええ……」

　洲雲は疑問を感じながらもいわれるがままに底板の手前に体重をかけた。

　がこん。

　鈍い音がして底板の手前が沈み、板がずれた。

　引き出しの底を隠すように、一枚の木板が載せられていたのだ。

「改造された引き出し……」

「引き出しの深さに対して底が浅いと思ったんですよ」

　にやりと笑い、つかさは引き出しを覗き込んだ。

「木材は夏になると湿気で膨張するんです。娘さんが亡くなられたのは冬だったから、乾燥で縮んでいたけれど……この時期になってがっちりハマってしまったようですね」

「かってえな……」

洲雲が力尽くではまっていた木板を剥がすと、ようやく引き出しの底が露わになった。

「──あった」

そこにあったのは一枚の手紙。

それに触れると、机に遺されたものとは比べものにならない感覚が流れ込んでくる。

吐きそうなほどの情報量に目の前がチカチカする。意識を保ちながら、つかさはそれを受け止めた。

「全部、見せて。あなたが遺した想いを」

母親と喧嘩した都。母への苛立ち。そして後悔。仲直りをしようとして食器を洗うも無視された悲しさ。夕食を断ってしまった罪悪感。母と口をきかなくなった寂しさ。後悔。謝れない自分への嫌悪。そして──。

「……怒り。悲しみ。後悔」

流れ込んだ感情が溢れだすように、つかさの目から涙がこぼれ落ちた。

「娘さんは、お母さんのこと大好きだったんですね」

つかさは引き出しの中から手紙を取り出し、遠木に差し出した。

「これは……」

手紙には「おかあさん　ごめんね」と短いメッセージが書かれていた。

「たしかに、怒りはあった。でも、見えるのは悲しみと大きな後悔。娘さんもお母さんと同じようにずっと後悔していたんです」

「部屋を散らかしたのは……」

「お互いに謝ろうとしたんじゃないでしょうか。話をしようといった日、娘さんはわざと部屋を散らかして学校を出た。帰ってきたら綺麗になっていることを祈って。家中をぴかぴかにして。そしてそっと、家を出た。帰ったらお母さんと仲直りできることを願って」

「私が部屋を掃除すると踏んで、わざと散らかしたってこと？」

「あくまでもわざと。だから、片付けやすいようにしたんです。本は本棚の前に。服も表面上は脱ぎ捨てたように見えるけれど、大半はきちんと畳まれていました。お陰で、私たちも片付けやすかったです」

「……どうして」

「わざと部屋の入り口に机の鍵を落として、お母さんが引き出しの仕掛けに気付いてくれるように。言葉にできないからこそ、文字で伝えようとしたのでしょう。それは、叶わなかったけれど……」

「……っ」

手紙を抱きしめて、遠木は崩れ落ちた。

「ごめん……ごめんね……都……」

心からの謝罪。今までいえなかった分を吐き出すように、遠木は泣きながら娘に謝っていた。

彼女が泣き止むまで、洲雲とつかさは寄り添うように傍にいた。

「……そろそろ、残りも運び出していいですか？」

洲雲の声で遠木は顔をあげた。

部屋に残っていたのは解体された机だけだ。これを運び出せば二人の仕事は終わる。

「あの……」

おずおずと、遠木は娘の机に手を伸ばした。そして天板の隅に張ってある古びたキャラクターのシールを愛おしそうになぞりながら、今度こそ真っ直ぐに娘の部屋を見つめていう。

「私も、一緒に片付けていいですか？」

その一言に、つかさと洲雲は顔を見合わせる。

「もちろんです」

快諾され、遠木はやっと嬉しそうな笑みを浮かべた。

つかさと洲雲が家具を運び出す中、遠木は丁寧に床の拭き掃除をする。そしてとうとう都の部屋から全ての荷物が運び出され、換気のために窓が開けられた。

「……都、ありがとう」

「綺麗になりましたね」

物で溢れていた部屋は見違えるほど美しくなった。

窓から入り込む風は心地よく、皆の髪を撫でていく。

「これで、ようやく私も前に進める気がします」

部屋を眺める遠木の目は潤んでいた。

色々な感情が入り交じった表情。思いを噛みしめるように瞳を閉じ大きく息を吸い込む。

「娘と仲直りできた。お二人のお陰です。本当に、どうもありがとうございました」

それは心からの感謝だった。

憑きものが落ちたような晴れやかな表情。人はたった数時間でここまで変わるものなのかと、洲雲は驚かされた。

「私たちは遺された想いを伝えただけです。それが、仕事ですから」

だが、隣に立つつかさの表情は先程までの涙が嘘のように無愛想なものだった。

＊

た。

「手際、いいんだな」

荷物を積み込んで少し動きが鈍くなった帰りの車内。先に話を切り出したのは洲雲だった。

「お前はなんでこの仕事に就いたんだ。イヤになることはないのか」

「ありません」

つかさは即答した。ハンドルを握り、前を向いたまま。

「そうかよ」

またどうせ会話が途切れるだろうと、洲雲は呆れたように窓の外に視線を戻した。

「だって、楽しいじゃないですか」

「は？」

意外な言葉が返ってきた。

「私たちは亡くなった方の最後の想いを見つけて、ご遺族に渡すことができるんですよ」

洲雲は驚いた。

見間違いじゃない。つかさは笑っていた。心から楽しそうに。

「自分にとって天職だと、思っています。私はこの仕事が大好きです」

すぐにつかさから笑みが消えた。だが、それは紛れもなく彼女の本心だったろう。

「洲雲晴夜(せいや)」

「はい？」

「まだちゃんと自己紹介してなかったろう。これからよろしく。柊」

赤信号で止まったタイミングで洲雲は手を差し出した。

驚きながらもつかさはその手を握り返す。

「柊つかさです。よろしくお願いします、洲雲さん」

二人で笑みを浮かべ、また車は動き出す。

「洲雲さんは、どうしてこの仕事はじめたんですか？」

はじめてつかさから話を切り出されたことに洲雲は一瞬虚をつかれた。

「秘密だ。でも、柊ほど高尚な理由じゃない。精々、殴られないように気をつけるよ」

なんて軽口を叩けばつかさはふっと鼻で笑う。

「殴りませんよ。あなたは遺品を粗末に扱うような人じゃない」

「どうしてわかる」

「……私のことを信じてくれたから」

嬉しかったですよ、とだけ付け足した。それから会社に着くまで二人の間に会話はなかったが、息が詰まることはなかった。

＊

「おかえり、二人とも！　お疲れ様」

二人が事務所の扉を開けると、笹森が立ちあがって出迎えてくれた。

「どうだった⁉　喧嘩とかしなかった？」

「もう社長がずっとそわそわして大変だったんだから」

母親のように笹森は二人の周りをくるくると歩き、それを紗栄子が呆れて眺めている。

「手応えはよかったですよ」

「まあ、悪くなかったっすよ」

二人は視線を合わせてふっと笑う。

「あれー？　意外といいコンビだったり？　朝はあんなに仲悪そうだったのに」

「にやけ顔が気持ち悪いですよ、紗栄子さん」

紗栄子が頬杖をつきながらにやけ顔で洲雲を見る。

「あー、もうよかったよ。これで駄目だったらどうしようかと思った」

「せっかくだから歓迎会とかしようよ。最近飲みに行ってないし」

「いいっすね。俺、ジンギスカン食いたい」

なんて社員たちが新人歓迎会の話に花を咲かせている中、つかさはそそくさと着替えて戻ってくる。

「遠慮します」

「え」

帰社後、わずか五分。つかさは既に退勤の準備を整えていた。

「私の仕事は遺品整理なので。それ以外は関わるつもりはありません。では、明日もよろしくお願いします」

「よ、よろしく？」

「明日も私の足を引っ張らないでくださいね。洲雲センパイ」

ぴしゃりと扉を閉めてつかさは帰っていった。静まり返る事務所。洲雲は拳を握って叫んだ。

「やっぱアイツ気にくわねえ！」

こうして柊つかさが仲間に加わり、メメントの新たな日々がはじまった。

第二話　孤独な死

「お疲れ様です」

「お疲れーっす」

早朝から入っていた現場を終え、洲雲とつかさが会社に帰ってきたのは午前十時を過ぎた頃だった。

「ナイスタイミング。午前中仕事を頑張った洲雲くんたちにプレゼントがあります！」

「なんすか？」

「じゃじゃーん。『あじ一番』の整理券ゲットしてきました〜」

「マジっすか!?」

事務員の紗栄子が差し出した紙切れを見た瞬間、洲雲の目の色が変わった。

「なんですか、それ」

「近所にあるラーメン屋さん。大人気で朝から整理券配ってるの。普段は大行列で滅多に入れないんだよ」

「チャーハン頼むとスープでラーメンがついてくるデカ盛り店だ」

紗栄子と洲雲の話につかさの眉間に皺が寄った。

なにいってんだコイツ、とでもいいたげだが上機嫌の洲雲は全く気にならないらしい。

「ラーメンにチャーハンがついてくるの間違いでは？」

「ちがーう！　チャーハンに、ラーメンがついてくるのっ！　そこが重要なのよ！」

「どちらでもいいですが、私はいいので洲雲さんと紗栄子さんでどうぞ」

興奮気味の紗栄子をクールに受け流しながらつかさは自分の席に戻る。

彼女がメメントに入ってから早半月が経とうとしていたが、飲みに誘っても昼食に誘っても彼女は頑なに乗ろうとしなかった。

だがその頑固さが紗栄子の闘志に火をつけたらしい。あの手この手でつかさを外食に連れ出そうと挑み、それに洲雲も巻き込まれていた。

「えー、勿体(もったい)ない。とっても美味しいのになあ」

紗栄子は「追撃セヨ」と整理券をちらつかせながら洲雲を肘で小突く。

「あー……ゴロゴロした焼豚がたっぷり入ったこってり系の山盛りチャーハンがなまら美味いんだよ。ラーメンとも相性抜群でさ、一回食べたらやみつきになるぞ」

ごくりとつかさの喉が鳴ったのを二人は見逃さなかった。

「午前中頑張ったし、午後から現場入ってないし、少し長めの昼休みってことで。三人分で整理券取っちゃったから、ね!?」

いつの間にかつかさの後ろに回った紗栄子が肩を掴んで最後の一押しにかかる。

「……お店側に迷惑がかかるというのであれば」

「はい決定！　さあ行こう！　というわけで洲雲くんご馳走になります！」

「は!?」

なんだかんだと三人とも財布を片手に会社を出ようとしたとき、がらりと扉が開いた。

「あー……みんな、これからお昼行くところだった？」

入ってきたのは社長の笹森だった。

昼食を買いに出ていたのか、手にはコンビニのビニール袋がぶら下がっている。

三人がゆっくりと頷けば、笹森はあー、と唸りながら困ったように視線を泳がす。

「どうしたんですか。いいたいことがあるならさくっとすぱっとどうぞ。私たちはこれからつかさちゃん連れてチャーハン食べに行くんで！」

「それ聞いたら余計話しづらいんだけど……」

ずずいと紗栄子に詰め寄られ、笹森は大きなため息をついた。

「たった今連絡があって、取り急ぎ現場に向かってほしいそうで。その……孤独死の方の、遺品整理……なん、です……けど……」

「な――っ」

洲雲の絶望したような顔を見て笹森の語尾が力なく消えていく。

「いや、二人とも今日は朝早くから頑張ってくれたからお昼くらい好きな物食べたいよね!?　そうだよね。うん、やっぱり聞かなかったことにして。僕これから一人で——」

「わかりました。すぐ出ます」

今度はつかさの目の色が変わった。

目にも留まらぬ速さで準備を終えた彼女は我先にと外へ飛び出していく。洲雲はまだ動けずにいた。

「美味しいチャーハンより仕事に飛びつくなんて、どんだけワーカホリックなの!?」

「洲雲さん、なにしてるんですか。早くしてください」

紗栄子が呆気(あっけ)にとられている内に、会社の前に車をつけたつかさが助手席側の窓を開けて洲雲を呼ぶ。

「ああ、くそっ!　わかったよ、今行くっつーの!　出かけるの待ちきれないガキかお前は!?」

苛立たしげに頭を掻きむしりながらようやく洲雲も動き出した。

「ホントごめんね!?　今度美味しいものご馳走するから!」

「寿司と焼肉で!!」

申し訳なさそうな笹森にリクエストを吐き捨てて洲雲はぴしゃりと扉を閉めた。

「社長。代わりに付き合ってくれます？　チャーハン、ラーメン付き」

「ええ……あそこの食べたらお腹いっぱいで午後働きたくなくなっちゃうんだよなあ」

「写真撮ってつかさちゃんに見せつけるんですよ！　ほら、早く行きますよ！」

紗栄子は笹森をずるずると引きずって外に連れ出す。

「……チャーハン食いたかったな」

「まだいってるんですか。いい加減諦めてください」

一方の洲雲は行列ができる店を恨めしそうに見つめながら、コンビニで買ったサンドイッチに齧り付くのであった。

＊

「あ、やっと来てくれた！　もう大変だったのよぉ～」

現場アパートに着き、鍵を借りようと訪ねた大家の第一声がこれだった。

「一〇三の志子田さんね。はい、これ鍵。昨日、倒れてる志子田さん見つけちゃってもう大騒ぎ！　近隣からは気味悪いから早く片付けろって急かされるし、警察から『息子さんが大家さんに全てお任せするようにいってます』って全部押しつけられちゃうし、もう大変だったの」

鍵を渡される僅かな間、こちらがなにも聞かずとも大家は勝手に話してくれた。

「急いで遺品整理士さんを呼ぼうとしたけど大きいところはどこも忙しいらしくて。でも小さい会社もぼったくりとか不安でしょう？　で、ダメ元でそちらに電話したら丁度空いてるっていうじゃない。金額もお安いし、もう大助かりよ。社長さんも私の話に付き合ってくれて――」

彼女の話はまだまだ続く。電話を受けた笹森の苦労が目に浮かぶようだった。

「…………」

「なんだよ」

つかさが洲雲を肘でつついた。なんとかしろといわんばかりに見上げてくる。

こうも饒舌（じょうぜつ）な相手は苦手なのだろう。正直なところ洲雲も得意ではないのだが、自分が動かなければこの大家の話は永遠に止まりそうにない。

「あ、あの。遺品の処理はどのようにすればよいでしょうか」

「ああ！　遺品は全部捨てちゃっていいみたい。なんかね志子田さん息子さんと上手くいってなかったみたいなのよ。借金作って奥さんが息子連れて逃げちゃったとかで。それで結局孤独死でしょう？　いい人だったからなんだか可哀想というか――」

目眩がした。一を聞いたら十返ってくる。永遠に解放される気配がない。

「鍵は受け取りました。早く行きましょう」

依頼人を無下にするのも心が痛むが、今はつかさの判断が正しい。

「それでは片付けはじめさせて貰いますので、終わったらまた声かけますね——」

「あら、よく見たらお兄さん良い男ね。お姉ちゃんもその小さな体でこの仕事してるなんて尊敬しちゃうわ。ちょっと待ってて今お茶でも——」

「洲雲さん早く！」

「ありがとうございます！　お気持ちだけで十分ですからっ！」

大家が室内に体を向けた隙に二人は素早く駆け出した。

一〇三号室は大家の二軒隣の部屋。手早く鍵を開け、逃げるように部屋に入った。

「すっげぇパワフルな大家さんだな」

「……仕事するより疲れます」

二人並んで扉に背を預けながら深いため息をついた。

「——さて」

小さな玄関は綺麗に整頓されていた。部屋に上がり、短い廊下の突き当たりにあるトイレをちらりと確認するが目立つ汚れはない。今のところいやな臭いも感じない。

「開けますよ？」

「……ああ」

つかさの手がリビングに続くであろう扉にかけられ、ゆっくりと開けていく。

この向こうにはどんな光景が広がっているのだろう。散らかったゴミの山か、はたまた人の体液がこびり付いた凄惨な現場か——。

どれだけ仕事をこなしても、現場と対面する瞬間はいつも緊張するものだ。

「綺麗、だな」

「綺麗、ですね」

驚きの声が重なった。

間取りは1LDK。日当たりがよい部屋で、真正面にはベランダに続く大きな窓が見えた。左手奥の使いこまれたキッチンは綺麗に手入れされている。リビングの中央に鎮座するテレビとソファ。その間にあるテーブルには几帳面にリモコンが揃えて置かれていた。

「……部屋、ここで間違いないですよね？」

つかさが疑うのも当然だった。

孤独死の現場につきものの部屋の乱れ、体液や血液などの付着、独特な死臭がここには殆ど見られなかった。

「さっき大家さんが昨日倒れているのを見つけたようなことをいっていたから、もしかしたら息を引き取ってすぐ発見されたのかもしれないな。この部屋を見る限り、相当な綺麗好きだったんだろう」

片付けが楽でいいが、と漏らしながら洲雲は部屋の中を見て回る。

ここまできちんとしていると空き巣に入っているようでどうにも落ち着かない。

リビング横の洋室も綺麗だった。ベッドも丁寧に整えられている。傍の本棚には小説やキャンプ雑誌が並び、その上には孫や息子と思われる写真が幾つも飾られていた。

「――お前は、なにをしてるんだ」

そんなことを観察しながらリビングに戻ってきた洲雲は固まった。

窓際でつかさがうつ伏せに倒れていたからだ。

「見てるんです。ここで亡くなった方の最期を」

「なにか見えたか？」

「あまり。物を通さないとよく見えませんから。ただ、最後に窓を開けたみたいですね。多分、室内側が頭になっているのでベランダから帰ってきて倒れたのかも」

つかさが起き上がると、カーテンが僅かに靡いた。

カーテンの陰になって気付かなかったが、確かに窓がほんの少し開いていた。

「窓、閉めるぞ」

そういいながら洲雲はぴたりと窓を閉めた。

仕事のときはどれだけ暑くても、埃が充満していても、最後まで窓を開けることはない。死臭や異臭を外に漏らさないためだ。

「この綺麗さなら、二人でやればすぐに終わるだろ。遺品は一先ずは処分する方向で」

「わかりました」

まあ、彼女ならきっと全部処分しないのだろうが。

起き上がったつかさは、故人が亡くなっていたであろう場所に手を触れる。その隣に洲雲もしゃがみ、二人で手を合わせた。

「――それじゃあ、はじめましょうか」

「おう」

三十秒ほどの黙祷。

誰かが亡くなった部屋ではまず故人を想って合掌するのが最初の仕事だ。

＊

「あらあらぁ、もうこんなに綺麗に片付いちゃって！」

あのパワフル大家が様子を見にきたのは作業を開始して一時間半ほど経った頃だった。

「お疲れだと思って。ほらこれ、お茶とお菓子。よかったら食べて！」

「ど、どうも……」

差し出されたビニール袋の中にはペットボトルのお茶と個包装のお菓子がたんまり入っている。洲雲が寝室に視線を送ると、つかさは気付くことなく黙々と作業を続けていた。

「志子田さん、綺麗好きだったから片付けるのも楽でしょう」

「ええ、お陰様で」

ものの一時間でリビングダイニングは大方片付いていた。つかさ曰く「残留思念が見える遺品は殆どない」とのことでその大半は処分用の箱に詰められている。

小物も最低限しかない。あまり物に執着しないタイプの人だったのだろうか。この分なら予想より早く片付きそうだと、洲雲は大家に押し切られお茶に口をつけた。

「洲雲さん。ちょっとお願いしたいことが――」

寝室からつかさが顔を出した途端、全員がぎょっとした。

「なんでいるんですか」

「ちょっと、お姉さんどうしちゃったの!?　大丈夫!?」

大家がいたことに驚くつかさの声がかき消された。

彼女の目は真っ赤に腫れ、涙が溢れている。この症状は――。

「おい、大丈夫か?」

「これ片付けるのお願いしてもいいですか。必要なほうへ入れてほしいんです」

洲雲が歩み寄るとつかさは本棚の上にある写真たちを指さした。

「すみません。写真は特に見えやすいのである程度覚悟して触ったんですが……想像以上に強すぎました」

つかさは袖口で何度も目を拭うが、涙は止めどなく溢れてくる。

残留思念によって押し寄せた感情が堪えきれず、こうなるらしい。洲雲もこの半月の間に何度か見ているが中々慣れないものだ。

「どの写真で見えたんだ？」

「強すぎてわからないです。色々な感情が押し寄せてきてその写真全てなのか、その中の一枚なのか判別できませ――」

ぽた、と二人の間になにかが落ちた。視線を落とすとそこには赤い斑点が。

洲雲がゆっくり顔をあげていくと、つかさの鼻からつーっと血が垂れてきていた。

「――あ」

「おいおいおいおいおいおいおいおい！」

さすがの洲雲もこれには慌てふためいた。

慌ててティッシュをむしり取り鼻に当てるが、それはすぐに赤く染まっていく。

「慌てすぎですよ。見えすぎるとたまにこうなるんで、気にしないでください」

「気にするなって、お前な――」

「ええっ!?　なに、今度は鼻血!?」

いつの間にか姿が見えなくなっていた大家が再び現れた。

騒いだ洲雲をつかさはじろりと睨みあげる。だが、今回ばかりは仕方がないだろう。

「ほら、これで目を冷やして！　若い子がそんなになるまで無理するんじゃないの！」

わーわーいいながら、大家は濡れたタオルをつかさの目に当てた。どうやら態々（わざわざ）自宅に取りに行ってくれていたようだ。

「お兄さんこの子の先輩でしょう!?　先輩なら仕事教えるだけじゃなくて、可愛い後輩の体調管理もしっかりしないと駄目じゃない！」

「え、俺!?」

大家に睨まれた洲雲はぎょっとした。

なにも知らない人間には、先輩にいびられて泣いている後輩にしか見えないだろう。

「ちょっとお姉さん。少し私の部屋で休んでなさいよ」

「え。いえ。大丈夫です」

「遠慮しないで。そんな若いときから無理したら体壊しちゃうわよ。悩みがあるならおばちゃん聞いてあげるから。ほら！　早くいらっしゃいな！」

「ちょっと！　人の話聞いてくれませんか!?」

有無をいわさず大家はつかさの手を引いて部屋を出ていこうとする。

全力で抵抗する彼女は助けを求めるように洲雲を見た。それはもう心底「どうにかしてくれ、助けてくれ」と縋（すが）るように。

「ほら、先輩からもなにかいって。それとも……泣いてる後輩を引き留めるわけ？　おたくの会社、もしかしてブラック企業だったりするの？」

じとりと視線が突き刺さる。これはもうなにをいっても無駄なようだ。

「あー……俺一人で進めておくからお言葉に甘えとけ。調子良くなったら戻ってこい」

「……あとで、覚えておいてください」

つかさは恨むように洲雲を睨みながら、大家に連れられていった。

ここで洲雲がなにかいおうものなら余計な反感を買うし、大家から凄まじい罵詈雑言(ばりぞうごん)を浴びせられたに違いない。それに洲雲自身、つかさのことが心配で仕事が手につかなくなりそうだったのでこれでよかったのだろう。

ワーカホリックが過ぎるのも困りものだ。

「やれやれ……」

足音が遠ざかり壁の向こうで扉が閉まる音がすると、しんと静まり返る。

現場で一人になるのも久しぶりな気がした。

「なにが見えたんだか」

そっと写真立てを手に持ったが、洲雲はなにも感じなかった。

A4サイズの額の中には写真が数枚入っていた。

小学校高学年くらいの少年と、恐らくその両親であろう男女が笑顔で写っている。その傍で微笑む優しそうな初老の男はここの住人の志子田という人物なのだろうか。

「これは必要なほう、だな」

いつものように次々と写真立てを段ボールに入れていく。これだけ写真を残しているのだから恐らく志子田は子供や孫たちを大切に想っていたのだろう。

「――あ？」

最後の一枚で洲雲の手が止まった。

L版の写真立て。そこに写っている人物は、小学校低学年くらいの少女とその両親だ。これまでの写真に写っていた人物とは全くの別人だった。

「どういうことだ？」

残留思念が見えなくてもわかる。明らかにこの写真だけが異質だった。

「そういえば……」

洲雲は思い出した。この部屋にある遺品は全て処分してほしいといわれていたことを。

「待て……亡くなったのは昨日っていってたよな」

昨日遺体が見つかり、即日自分たちが遺品整理に呼ばれた。それはつまり志子田の遺族が彼に関わることを拒否している可能性があるということだ。

「――……あ、もしもし社長。お疲れ様です」

違和感を覚えた洲雲は急いで笹森に電話をかけた。

『お疲れ様。なにかあった？』

「この現場の遺品ですが、遺族への引き渡しはせず、全部処分で間違いないんですよね」

『うん、全部処分で大丈夫。ただ……念のため大切そうな遺品は持ち帰ってほしいんだ。昨日の今日だし、もしかしたら遺族の気が変わるかもしれないからね。僕も今ご遺族に連絡取ってるんだけど……中々連絡つかなくて――』

　諸々の確認を終え、電話を切った洲雲は改めて写真を眺めた。

　そこに写る家族たちの笑顔を食い入るように見つめる。

「とてもそうは見えねぇけど……」

「どうしたんですか？」

「うわっ⁉」

　突然背後から聞こえた声に洲雲は声を上げて驚いた。

　振り返るとつかさが立っていた。いつの間に戻ったのだろう。鼻血は止まり、目の腫れも幾分か引いていた。

「驚かすなよ！　つか、体はもういいのかよ」

「ええ。ご心配おかけしました。みんな騒ぎすぎなんですよ」

「大家さんがよく行かせてくれたな」

「それはもうご親切に寝室に布団まで敷いてくれたので、寝たふりして窓から抜け出してきました」

洲雲は呆れて声が出なかった。彼女が一度でも従うふりをしなければならないほど、あのパワフル大家は手強かったらしい。

「それで『とてもそうは見えない』ってなにがですか？」

「とても遺品を全て処分しろと丸投げしそうな家族じゃなさそうだなと思ってな」

「……ああ、なるほど」

洲雲が持っている写真を遠くから眺めてつかさも頷いた。

孤独死かどうかにかかわらず、遺族が身内の死に一切関わらないというケースは少なくはない。様々な事情により亡くなった遺体や遺品の受け取りを拒否されることだってある。多い要因としては親子の不仲だが——。

「家族と不仲だったらこんな仲睦まじい写真は撮らない、といいたいんですね」

「ああ。これが過去の物といわれたらそれでお終いだけどよ。気になるだろ」

沈黙。返事がないのでつかさを見ると、信じられないというように驚いた顔をしていた。

「……なんだよ」

「少し驚きました。洲雲さんがまさかそこまで気にかけてくれるとは思わなかったので」

「お前が鼻血まで出しながら残留思念がどうのとかいうから、誰だって気になるだろ」

誤魔化すように洲雲が視線を逸らすと、つかさはどことなく嬉しそうに口を開いた。

「成長した洲雲さんに二点、お伝えしなければならないことがあります」

「は？」

「一つ、私があの写真に触れて見たものです。楽しさと愛おしさ、そしてそれを呑み込むほどの深い後悔と悲しみを感じました」

そしてもう一つ、とつかさは寝室の押し入れに手をかける。

「この部屋に残留思念が見える遺品は殆どない、といいましたが……撤回します」

「──な」

押し入れを開き、洲雲は固まる。

「ここの住人……志子田さんは物をとても大切にする方だったようですよ」

その中には最低限の服が収納された小さなタンス。そして残りのスペースには大量のキャンプグッズがぎっしりと詰め込まれていた。

「写真に触れる前に見つけていたのですが、大型の物ばかりだったので後回しにしていました。キャンプがお好きだったようですね。どれも楽しそうに使っている姿が見え──……あの、洲雲さん？」

「すっげえ……」

返事がないので隣を見ると、洲雲の目が輝いていた。

手をわなわなかせながら押し入れに歩み寄ると、まるで憧れの物に触れるような手つきで遺品を取り出しはじめた。

「すっげえテント使ってんな。ああっ！　この携帯コンロずっと気になってたんだよ。この寝袋だって最新型のいいやつだろ。なんだよ、この人いい物沢山持ってるなあ！」

「もしかして……キャンプお好きなんですか？」

「昔よく行ってたんだよ。こうして見てるとまた行きたくなるなあ……」

そのとき、はっとして洲雲の手が止まった。

「いや、今更キャンプなんて……」

蚊の鳴くような呟き。俯きがちになって、輝いていた瞳が曇りはじめた。

「洲雲さん？」

返事がない。彼の瞳は寂しそうに遠くを見つめていた。

「……心惹かれるからといって、私物化しないでくださいね。横領で捕まりますよ」

「………んなことしねぇよ。興奮しちまって悪かった」

つかさがわざとイヤミをいうと、ようやく彼は我に返った。

それから二人で押し入れの遺品を手早く片付けていくが、妙な沈黙が続く。

「大丈夫ですか。さっきの言葉、気に障りましたか」

「自覚あったのかよ。いや、柊のせいじゃない。ただ、ちょっと……昔のことを思い出しただけだ」

忌々しそうに洲雲の眉間に皺が寄る。やはり瞳はここではないどこかを見つめていた。

「ここ片付ければ終わりだろ。さっさとやっちまおうぜ」

つかさがなにかを尋ねる前に、洲雲が言葉を発した。

それ以上の追及を拒むような声音に、つかさはなにもいえず仕事を続けたのだった。

＊

「あれっ、お姉ちゃんいつの間に⁉」

つかさと大家が鉢合わせたのは遺品を全て車に積み込み終わった頃だった。

目玉が飛び出そうなほど驚いている大家と、バツが悪そうに視線を泳がせるつかさ。部屋で寝ているはずの人間が外にいたら誰だって仰天するだろう。

「えっと、一先ず清掃は終わりました。また後日伺って、消臭が完全にされているか最終確認して完了になりますので」

「……お世話になりました」

なにごともなかったように洲雲が話し、それに被せるようにつかさがお礼をいうと大家は呆気にとられたままこくりと頷いた。

「無事終わったのはよかったんだけど、えっと……二人に話があるって人がいて」

動揺する大家の背後に男が一人立っていた。

優しそうな三十代後半ほどの男だ。なんとなく既視感を覚えるような。

「あの、丁度遺品整理をしていたと大家さんに伺いまして。もしよければ遺品を引き取らせて頂きたいのですが……」

「あなたは……」

「もしかして、息子さん？」

つかさ、洲雲の順に尋ねられたその男は「いや……」と曖昧に答える。

その男は、つかさが鼻血を出す原因となった写真に写っていた人物だった。

＊

その後、二人は遺品とその男を連れて会社に戻った。

「社長。志子田さんの息子さんが遺品を引き取りたいとのことでお連れしました」

丁度笹森は電話をしていたようだ。

それに気付き、洲雲が慌てて口を閉じると笹森があんぐり口を開けていた。

「――洲雲くん、今なんていった？」

「え？　あ……さっきの現場の遺品を引き取りたいって息子さんがいらっしゃって」

丁度そのタイミングで、つかさと志子田の息子が会社の中に入ってくる。

その姿に笹森は目玉が飛び出そうなほど驚いて、とうとう立ち上がった。

「む、息子さん？　え、いや……だって……え？」

「ほら、社長しっかり。電話つながってますよ！」

男と受話器を交互に見やる笹森に紗栄子の注意が飛ぶ。

「僕が今、電話してるの……志子田肇さんの息子さんなんだけど」

「はあっ⁉」

会社に響く洲雲の大絶叫。さすがのつかさも目を丸くしている。

「息子さんって……は？　え、じゃあ、アンタ誰……」

全員がぎょっとしてその男から距離を取る。

突き刺さる視線の中、彼はいたたまれなさそうに視線を泳がせていた。


「――改めまして。私、須藤といいます。亡くなった志子田さんとはキャンプ仲間で、家族ぐるみでお付き合いさせて頂いてました」

応接スペースで笹森の前に座り、須藤と名乗る男は申し訳なさそうに話す。

「キャンプ仲間がなんで息子になっちゃったんですか」

「いえ、あの僕一度も息子だなんていってないんですよね。何度も否定しようと思ったのですが、タイミングが掴めず……申し訳ありません」

その答えに、尋ねた紗栄子と笹森の視線がデスクにいる洲雲とつかさに移っていく。

「……飾られていた写真に写っていた方だったので」

「……関係者だと思い込んじまって」

二人揃って居心地悪そうに萎縮していた。

「つまり、二人の早とちりってこと」

「返す言葉もありません」

二人が深謝すると須藤は更に恐縮し、笹森は苦笑を浮かべ、紗栄子は爆笑した。

「事情は大体わかりました。でも、須藤さんも何故志子田さんの遺品を受け取りにいらっしゃったのですか？」

「志子田さんが亡くなったと聞いて驚いて、いても立ってもいられず。生前、彼には冗談めかして『私が死んだらなんでも好きなものをあげるよ』といわれていたので」

なるほどねえ、と笹森は顎に手を当てながら視線を巡らせる。

「あの部屋に遺言状とかあったかい？」

「ありませんでした」

まずはつかさが首を横に振った。

「さっき電話してた息子さんはなんて？」

「遺品は一つ残らずこちらで勝手に処分してほしい、って。多分ご遺体も引き取ってないんじゃないかなあ。お父さんの名前を出すだけで嫌そうな反応をしていたし」

次に洲雲が尋ねると、笹森は困ったように頭を掻く。

実の息子は遺品の処分を望み、友人と名乗る男は遺品の受け取りを所望している。

「須藤さん。大変申し訳ないのですが、故人の遺言もなく、遺族は遺品の処分を望んでいます。たとえ家族同然の友人だとしても……遺族の了承を得ず、私たちが遺品を勝手に渡すことはできない決まりなんです」

申し訳なさそうに笹森が告げると、須藤は悲しそうに俯いた。

「せめて、写真だけでも頂けたりしませんか。私たちと志子田さんが写っている写真とかありましたよね？」

「申し訳ありませんが……」

食い下がる須藤にやるせなさそうに笹森は首を振る。

「どうせ処分するんだからこっそり渡せればいいのにねえ」

つかさに耳打ちした紗栄子の声は笹森の耳に届いていたようだ。

「気持ちはわかるけど、そんなことしたら須藤さんが犯罪者になってしまうよ。万が一遺族に知られて騒がれでもしたら僕らも首が飛ぶし、なにより須藤さんに迷惑がかかる」

さらにしゅんとしてしまった須藤をつかさはじっと見つめる。

「なんで遺品を取りに来たんですか？」

「えっ……昨日志子田さんが亡くなったと聞いて驚いて……」

「驚いて家に直接遺品を取りにくるのは少し不自然です。故人の死を驚き悲しむのであれば、葬儀に参列するのが一番だと思うのですが」

つかさの言葉にそうですが、と須藤は言い淀む。

「勘違いしたのは俺たちだが、最初に『息子さんですか』と尋ねたときに須藤さん、アンタかなり言葉を濁したよな」

そこに洲雲が追撃にかかる。つかさは目を泳がせている須藤を真っ直ぐ見据える。

「もしかして、故人の遺品が全て処分されるであろうと見越して、その前に遺品を受け取ろうと思った……とか」

「え、なに。まさか遺品泥棒？」

紗栄子の一言で、須藤に向けられていた視線が同情から疑惑に変わる。

「ちっ、違います！　いや、違わないけど……僕は泥棒ではありません！」

四人に詰められた須藤は慌てて両手と首を横に振った。

「……志子田さんのご遺体は遺族の下に戻られてないと仰ってましたよね」

「ええ、まあ」

「そうなったら、彼はどうなってしまうんですか」

話の流れが変わり戸惑う笹森を須藤は真剣に見つめた。

「引き取り手が見つからないご遺体は火葬場に空きがあり次第火葬されます」

「手厚く葬ってもらえるんですか？」

「恐らく須藤さんが想像なさっているようなことはされません」

　笹森は小さく首を横に振った。

「身寄りのないご遺体は、地方自治体によって弔われます。簡単なお経はあげられますが、花も供えられることなく骨になります。その後は、葬儀場や近くの墓地にある無縁仏が弔われる無縁塚に納骨してお終いです」

「そ、そんなのあんまりだ！」

　信じられない表情を浮かべ、須藤はテーブルを叩いて立ち上がる。

「そんなの志子田さんが可哀想すぎる。孤独に葬られるなんて、そんなの……」

「気持ちはわかりますが、それが現実ですよ。遺族がそうするといえばそうされるんだ。赤の他人はどうすることもできないし、俺たち業者はそれに従うしかない」

「でも……」

「それとも須藤さんが遺体を引き取るか？　遺品整理の代金、葬儀代、その他諸費用全て立て替えるってことですよ？」

　洲雲が突きつけた現実に須藤は言葉を失った。俯いて震えている。

「洲雲くん、ちょっといいすぎ」

「……すみません」

笹森が軽く洲雲を諫めながら、改めて須藤を見据えた。

「後ほどご遺族の方がいらっしゃいます。遺品を処分するのなら受け取りを望んでいるご友人がいらっしゃるとお伝えしてみます。それでもし了承を得られたら――」

「志子田さんのご家族がいらっしゃるんですか!?」

がばりと須藤が顔をあげた。ぐっと顔を寄せてきた勢いに笹森は体を反らせる。

「え、ええ。遺品を処分するために遺族のサインを頂かなければならないので、郵送でもと思ったのですが……たまたま近くにいるとのことで、息子さんが今からこちらに――」

しどろもどろに笹森が答えていると、会社の扉が音を立てて開かれた。

「すみません、こちらメメントさんであってますか。先程、お電話頂いた志子田と申しますが――」

「おお……噂をすればご本人登場」

紗栄子をはじめ、全員が息を呑んだ。

メメントの全員の視線が注がれ、志子田の本物の息子と思われる男は居心地悪そうに視線を泳がせ――ある一点で止めた。

「須藤？」

「志子田……」

目を丸くする志子田息子と、気まずそうに頭を下げる須藤。

「どうして須藤がこんなところにいるんだよ」

どうやら二人は知り合いのようだ。だが、須藤はなにも答えない。

妙な空気が漂う中、状況についていけない社員一同は双方を交互に見やる。

「え、えと……一先ず、お座りになり、ますか？」

我に返った笹森が恐る恐る、志子田息子に声をかける。

「一日で色々起こりすぎだろ。こんなことあるか？」

「あはっ、なんかドラマみたい。面白くなってきたじゃない、お茶淹れてこなきゃ」

困惑する洲雲に対し、紗栄子は楽しそうに給湯室に消えていく。一方、つかさはじっと須藤と志子田を見据えていた。

「あの……お二人はどのようなご関係で？」

最悪な空気の中で笹森は向かいに座る二人に恐る恐る声をかけた。

「須藤は会社の同僚です。まさかこんな所で会うなんて驚いた。遺品整理の依頼にでも来てたのか？」

どうやら事情を知らないのは志子田だけのようだ。

う、と笹森が言い淀んでいると意を決したように須藤が口を開いた。

「俺は遺品を受け取りにきたんだ……志子田の、お父さんの」

「は？」

その言葉に志子田は面食らった。すると須藤は説明を求めるように笹森を見る。

「えーっと、須藤さんは亡くなられたお父様のご友人だったようで。遺品を処分するのであれば、受け取りたい遺品があるとのことで……」

「友人!? お前とあの人が!?」

「……キャンプ仲間だったんだ。とてもいい人だったよ」

最初は驚いていた志子田は突然いやみっぽく、へぇと相づちを返す。

「余所様の前ではちゃんと『いい人』だったんなあ。のうのうとキャンプなんて楽しみながら余生を謳歌してたってことか。須藤みたいないい友人ができてよかったな。あの人、迷惑かけなかったか？」

「いいや……迷惑だと思ったことは一度もなかった」

志子田の言葉の一つ一つが刺々しく、憎しみが込められていた。いかに親子関係がよくなかったかが口振りだけで伝わってくる。

「なあ、志子田。俺がこんなことといえた義理ではないけど……お父さんのご遺体引き取ったらどうかな。このままじゃ志子田さん独りぼっちで逝くことに」

「お前には関係ないだろ。なんで俺があんなヤツの葬式あげてやらないといけないんだ。もう他人なんだ。ここに来るのだけでも嫌だったのに」

父親を突き放し続ける志子田だが、須藤はそれでも食らいついた。

「そうだけど。でも、たった一人のお父さんだろう」

「子供が全員、親に感謝してると思うなよ。わかりあえない親子だっているだろ！」

忌々しそうに志子田の眉間に皺が寄る。僅かに言葉を荒らげながら、須藤を睨みつけた。

紗栄子がお茶を出したものの、仲良くお茶でもなんて雰囲気ではなかった。

「――失礼します」

一触即発の空気を裂くように、テーブルの上に大きな音を立てて段ボールが置かれた。

「こちら、故人の遺品になります」

間に入ったのはつかさだった。ずい、と小さな箱を志子田息子の方へ押しやる。

「お財布、身分証明書、現金、印鑑、通帳……それと写真など大切な物が入っています。ご確認をお願いします」

志子田はため息をつきながら、真っ先に財布を確認し、ぱらぱらと通帳を捲った。

「はっ、大した金も遺してねえ。もういいです。全部処分してください。あの人の物、ひとつも欲しくないんで。須藤が欲しい物があるなら好きなだけ持っていけばいいよ」

「ご遺族の確認が取れました。どうぞ、須藤さん。お好きな遺品を」

その場の空気なんてものともせず、つかさは今度は須藤の方に段ボールを押しやった。

「……この写真」

懐かしそうに写真を手に取る須藤。それを鼻で笑う志子田。二人の反応は対照的だった。

「本当になんでお前がコイツの知り合いだったんだよ。はっ……楽しそうに笑いやがって。俺たちを捨てたクソ野郎のくせに」

志子田の悪態を須藤は苦笑を浮かべて受け止めていた。その様子を見つめながら、つかさは箱の中から一枚の写真を取り出す。

一瞬酷い目眩を感じながらも、つかさはそれを二人の前に置いた。

「須藤さんが写っている写真が多くある中、一枚だけこちらの写真が交ざっていました」

「――は？」

「ちょっ――」

二人が息を呑んだ。志子田はいぶかしげに、須藤は困惑しながらつかさを見た。

「この写真を故人はとても大切にしていたようです。特にこの写真は――」

「これ、俺たちと娘の写真。なんでこれを親父が……」

写真を手にした志子田の声が震える。隣で固まったままの須藤にゆっくりと視線が移る。

「まさか……お前が渡したのか？　アイツが、俺の父親だって知ってたのか？」

「…………ごめん」

沈黙の後、須藤は申し訳なさそうに頭を下げた。

つかさの判断は悪手だった。笹森の顔が引きつり、さすがの紗栄子も頭を抱えた。

「でも――」

今度はつかさと須藤の声が重なる。しかしその言葉が続くことはなかった。

「信じらんねえ。勝手に個人情報ばら撒くか!?」

怒りにまかせ志子田が立ち上がると、湯飲みが倒れた。それも気にせず彼はきっ、とつかさを睨みつける。

「アンタもアンタだ。俺は遺品なんて全部処分してくれっていったのに、態々呼びつけてこんな不愉快な思いさせて！　なんの当てつけだ!?　ええ!?」

「お気持ちはお察し致します！　でも冷静になってお話を――」

宥めようとする笹森の手から書類をひったくると、署名を殴り書きテーブルに叩きつける。

「ほら、これでいいんだろ!?　俺はもうコイツと関わるつもりはない。借金こさえて、俺たち捨ててったクズ野郎なんてな！」

ぐしゃりとその手で写真を握りつぶし、つかさに向かって投げつけると志子田は会社を出ていった。

重い空気が社内を覆う。最初に動いたのは紗栄子で、零れたお茶を拭き始めた。

「遺品濡れちゃうから早く拭かないと。つかさちゃん、さっきのはさすがにマズイよ。幾ら私でもあんなド直球突っ込まないって」

なるべく明るく紗栄子はつかさをいさめた。けれどつかさの表情は変わることなく、目の前で俯いている須藤に向けられている。

「須藤さん。あなたは志子田さん親子を仲直りさせようとしていたんですか?」

つかさは握りつぶされた写真を手に取った。

流れ込んでくる愛おしさと、悲しみと、後悔と、迷い。色々な感情がぐちゃぐちゃに混ざりあって情報が処理しきれず目眩を覚えた。だが、三度触れてようやくわかった。

これは一人分の想いではない。二人分の感情が入り乱れていたのだ。一人は亡くなった志子田。もう一人は——。

「そうですよ。でもあなたのせいで全部台無しだ」

吐き捨てるような乾いた笑いに、つかさの意識が引き戻される。

「順序立てて説得しようと思ったのに。いきなりこんな物を見せられたら誰だって怒って当然だ。怒れば、こちらがなにをいったってアイツの耳に届かない」

恨むように須藤はつかさを睨みつけた。

「ご迷惑をおかけしたことは謝ります。でも、このせいで志子田さんが孤独に弔われることは確定した。あなたたちにとってはただの仕事でしょうけど。俺にとっては……大切な人だったんだ」

申し訳ありませんでした、と須藤も頭を下げそそくさと会社を出ていってしまった。

「……おい。鼻血出てるぞ」

扉をじっと見つめるつかさの前にティッシュの箱が差し出された。

テーブルの上に垂れている血と涙。洲雲に指摘され、つかさははじめて自身の異変に気がついた。さらに、それに気付いた笹森と紗栄子がぎょっとする。

「ちょっ、柊さん大丈夫!? 座って休んで！」

「ご、ごめん！　私もついいいすぎた！　気持ちはわかるけど、あの息子さんももうちょっといい方あるよね！　つかさちゃんたちちゃんと仕事しただけなのにね!?　よ、よしよし。そ、そうだ！　お菓子、お菓子食べようか！」

「昼休み返上して働かせすぎちゃったね！　僕がお茶淹れてくるよ！」

重い空気なんて忘れて二人は大騒ぎ。

半ば無理矢理ソファに座らされたつかさは背もたれに身を預けながら天井を仰ぐ。

「鼻血出てるときは上向かない方がいいらしいぞ」

「知ってますよ」

会社の奥で騒ぐ社長たちの声を聞きながら、事情を知る洲雲はつかさの隣に座った。

「前みたいに怒らないんですね」

「なんだ、怒ってほしいのか」

洲雲が軽く戯（ふざ）けていうと若干の間が空き、いいえ、と返ってきた。

「伝えたかったんだろ。鼻血出してまで伝わってきた想いってやつを」

「残された想いを人に伝えるというのは、怒ってる人に話を聞いてもらう以上に大変なことですね」

「はっ……柊は伝え方が下手くそなんだよ。先走りすぎだ」

少し落ち着け、と洲雲はつかさの目を隠すようにタオルをかけた。

「上手にできていれば、幾つも会社クビになっていませんよ」

写真を握りしめながら、つかさはぼんやりと考える。

二人の想い。このくしゃくしゃに丸められた写真に残る想いを、どうしても届けなければならない。誰よりも亡くなった志子田のために。

*

「よし。臭いも汚れも問題なさそうだな」

翌日、つかさたちは志子田の部屋を再び訪れていた。

遺品整理の後、その部屋に死臭や血痕が残っていないか再確認するためだ。このチェックが終わってはじめて仕事は完了となる。

「大家さんに鍵返しに行くぞ」

「……ええ」

後ろ髪を引かれるようにつかさは空っぽになった部屋を見つめていた。

床に触れても壁に触れても、感じ取れるものはもうなにもない。

「終わったのかい？」

まるでタイミングを見計らったかのように大家が部屋に入ってきた。

「はい。臭いもありませんので、これで依頼は完了となります。鍵、お返ししますね」

「どうもありがとう。お疲れ様でした」

大家は労うように二人に深々と頭を下げた。そして玄関の前で軽く手を合わせる。

「大家さんは怖くないんですか？　一応、ここで孤独死があったのに」

「別に。人なんかどこでも死ぬさ。それだってのにこの部屋はこれから事故物件だと騒がれるんだからたまったもんじゃないよ。家で家族に看取られて死んだら事故物件になりゃしないのにねえ」

呆れたように大家は部屋の中を見回した。

「志子田さんはどうなったんだい？　家族のところに帰れたのかい？」

「……個人情報ですので、私たちからはなにも」

洲雲の声音でなんとなく察したのだろう。大家は寂しそうに、そうかい、と呟いた。

「志子田さんとはよく話をしたよ。お隣さんってこともあるけど、私の長話に付き合ってくれるのは彼くらいだったから。ほら、私ウザイ大家でしょ」

それには否定もせず肯定もせず洲雲たちは曖昧に笑った。

「息子さんと上手くいってなかったんでしょう？　ずっと後悔してるって、会いたいっていっていたからね。仲違いしたまま別れなきゃならないのは志子田さんも辛かったろう」

ああそうだ、と思い出したように大家は洲雲にある物を差し出した。

「これ、志子田さんの携帯電話。一応事件性がないか警察の方で調べてたんだけど、昨日戻ってきたんだ。遺品を処分するならこれも一緒に頼むね」

保存袋に入ったガラケーを渡し大家は去っていった。

「俺たちも帰るか」

そうして洲雲たちも車に乗り込んだ。だが、つかさはエンジンもかけずに黙ったままだ。

「……どうした？」

「洲雲さん。携帯貸してくれませんか」

「は？」

胸ポケットからスマホを取り出そうとしてところで「そっちじゃない」と止められた。つかさが指さしているのは大家から渡された志子田の携帯だ。

「あ……ああ」

答えるが早いか、つかさは携帯を素手で触る。

「――っ」

その瞬間、残留思念が流れ込んできた。

それは志子田の記憶だった。

ベランダで月を見上げていた。大きな綺麗な満月だ。

その手元には携帯。なにかを迷っているように、古びたガラケーを開けては閉じてを繰り返す。

そのとき、胸が痛くなった。締め付けられるような苦しみに襲われた。たまらず立ち上がり、家の中に入る。いつもの癖で窓を閉めたが勢いがつきすぎて閉まりきらなかった。

あまりに胸が苦しくて、そのまま倒れ込む。助けを呼ぼうと携帯を開き、固まった。

「――苦しい……痛い……」

「おい、大丈夫か」

洲雲の声と、鳴り響くクラクションで我に返るつかさ。

倒れた志子田と同じように、つかさは携帯を胸の前で握りしめたままハンドル部分にもたれかかっていた。

心配そうに背中を摩(さす)ってくれていた洲雲に礼をいいながら、つかさは体を起こす。

「洲雲さん。会社に戻る前に付き合ってほしいところがあるのですが」

「付き合うってどこに……」

「志子田さんの息子さんのところですよ」

驚く洲雲の答えも聞かず、つかさは車を走らせた。

＊

「なんであなたたちがここにいるんですか」

玄関先で不機嫌な声が出迎えた。つかさと洲雲が対峙していたのは志子田の息子だった。

「先程お父様のご自宅の最終確認に行った際、大家さんから遺品を預かってきました」

洲雲は携帯電話を息子に差し出す。

「だから遺品は全部処分してくださいと昨日もお願いしましたよね!?」

志子田の怒声が響く。彼が怒るのも無理はなかった。つかさたちは完全に余計なことに首を突っ込んでいるのだから。

「お父様のご遺体は、明日火葬されます」

なんの脈絡もなくつかさが前に出て告げた。

道中、笹森から連絡があったのだ。火葬場に空きができたため、引き取り手のなかった志子田は一人静かに骨になると。

「だからなんです？　あなたたちも俺に遺体を引き取れというんですか？　遺品整理士は

そんなことまで介入してくるんですか？」

苛立たしげに志子田は捲し立てる。

「アンタらただの仕事だろ？　人の事情なんてなにも知らないくせに。正義感ばっかり振り回して。親だからって何故最後まで面倒見なきゃいけないんだよ」

「事情なんて知りませんよ。そもそもあなたとお父様の間にあった確執なんて毛ほども興味ありません。親を恨み、悲劇を嘆き続けたいのであれば勝手にどうぞ」

「――な」

つかさの一言に志子田は言葉を失った。

「私たちは遺品整理士です。私たちは故人が残した想いを、本人に代わって伝えることが仕事です。そう、一方的にね」

つかさは洲雲の手から携帯を奪うとずいっと志子田の息子に押しつけた。

「これは発見されたご遺体の傍に落ちていたそうです。つまり、故人が最後に触れていた物になります」

「だから、それがなんだってんだ……」

「捨ててしまうのは簡単です。でも、一度失った物はどう足掻いても戻ってこない。勢いで全てを拒絶し放り投げる前に、今一度よく考えてみることをおすすめします」

つかさは志子田に詰め寄りながら、泳ぐ彼の瞳を真っ直ぐに見つめた。

「お父様と二度と関わりたくないといっているのに、何故そんなに熱くなっているんですか？」

「ア、アンタに、なにがわかる！」

明らかに志子田がたじろいだ。声が震えている。

「おとーさん、どうしたのー？」

家の奥から声が聞こえてきた。廊下からひょっこりと幼い少女が顔を出す。

「な、なんでもない。今行くからな」

動揺を隠すように志子田は顔を引きつらせながら、精一杯娘に微笑んだ。

「それでは、私たちはこれで失礼します。火葬は明日の午後一時の予定です。遺品はその後、我々ですみやかに処分致しますのでどうぞご安心ください」

「おい。さすがにいいすぎだろ。あんなに逆撫でしなくても」

まるで試すようにつかさは志子田に一礼し、なにごともなかったかのように立ち去った。

車に戻った途端、洲雲は大きなため息をついた。

彼女と一緒にいると胃薬が幾つあっても足りない。けれどつかさ本人はあの修羅場をくぐり抜けてもけろっとしている。

「あの息子からもなにか見えたのか？　なんか色々いってただろ」

「勘です」

「マジかよ……」

その答えに洲雲はまた盛大なため息をついて項垂れた。

「もうこれ以上は俺たちの仕事の範囲外だ。苦情が来たらお前が責任取れよ？」

「三越で羊羹買って平謝りにいきますよ。得意ですから」

つかさがあまりにも真顔でいうものだから、それが本気なのか冗談なのかがわからない。

「でもよ……こんなんで本当によかったのか？」

「やるべきことはやりました。後は遺された人たちが決めることです」

そうしてようやくつかさたちは会社への帰路につく。流れゆく街並みを眺めながら
「あ」と洲雲は思い出したように声を漏らした。

「そうだ、柊。明日喪服持ってこいよ」

「はい？」

なんのことだかわからないまま、つかさは頷いた。

＊

翌日、メメントの社員一同は市内の火葬場に赴いていた。

「喪服ってこのためだったんですね」

目の前には志子田が入った棺。社員総出で彼を見送りにきたのだ。

「本来僕たちは遺品を整理して終わりだけど……遺体の引き取り手がなくて一人であちらへ旅立たないといけない方はなるべく見送ってあげたいと思ってね」

短いお経が唱えられた後、笹森は手を合わせながら呟いた。

孤独死の件数は年々増加し、中でも身寄りがないご遺体は増えている。

全てに関わっていてはキリがない。だがせめて自分たちが携わった人は――という笹森の我が儘に全員が賛同しついてきているわけだ。

「今回も私たちだけでしたね。まあ、各々事情はありますし責めるのも無粋ですけど」

「一応、声はかけたんだけどねぇ」

笹森は須藤と志子田にそれぞれ声をかけたらしい。志子田に関しては先につかさが行っていたため、聞く耳を持たれなかったそうだが。

「あの……」

いよいよ火葬というところで後ろから控えめな声がした。振り向くと須藤が立っていた。

「須藤さん」

「せめて見送りだけでもと思って。一緒にいてもいいですか?」

須藤はつかさと目があうと、軽く会釈をして棺に歩み寄る。

「志子田は……」

尋ねられた洲雲がゆっくり首を振ると、須藤はですよね、と苦笑を浮かべる。

「もしこの場に志子田がいたら仲直りをと思っていたんですが……柊さんもそう思ってあのとき写真を見せたんですよね。なにも考えず感情的になってすみませんでした」

「いえ……」

申し訳なさそうに須藤は棺に手を触れた。

「ごめんね、志子田さん。俺、なにもできなかった……」

のぞき窓を開け志子田の顔を悲しそうに見つめながら、須藤はやるせなさげに棺を撫でる。

「――そろそろ、よろしいでしょうか」

「……はい。すみません、ありがとうございます」

職員が控えめに尋ねると、名残惜しそうに須藤は退いた。

正式な葬儀ではない。感傷に浸っていては次の火葬が迫ってくる。彼らとてまた仕事なのだ。

「それでは火葬致します」

ごぉん、と重い音がして棺はゆっくりと釜の中に消えていく。エレベーターのように扉が閉まり、棺は見えなくなった。永遠の別れである。

「後は私どもで」

「よろしくお願いします」

頭を下げる笹森の横で、須藤も深々と頭を下げていた。

急ぐような足音が近づいてきたのは、全てが片付いたちょうどそのときだった。

「――……あのっ」

現れたのは志子田の息子だった。

「親父、は」

笹森たちは複雑そうな顔で釜に視線を送る。驚きながらも粛々と頭を下げる葬儀場の職員を見て、志子田も全てを察したようだ。

「――遅いんだよ」

固まっていた須藤が拳を握りしめた。

息を整えている志子田を怒りの形相で睨み、大きな足音を立てて歩み寄る。

「遅いんだよ、お前っ！」

静かな火葬場に須藤の怒声が響き渡った。彼は両手で志子田の胸ぐらを掴みあげる。

他の火葬待ちの遺族たちの視線を一身に浴びながら、それでもなお須藤は叫んだ。

「今さら遅いんだよ！　俺は何のために、あの人が死ぬのを止めたと思ってんだ！」

「須藤、お前……なにいってんだ」

「お前、俺と志子田さんがどうやって出会ったか知りたがってたな。ああ、この際だから教えてやるよ！　二年前、キャンプ場で会ったんだよ。その近くの森の中で首吊ろうとしてた志子田さんにな！」

「な――っ!?」

須藤は力任せに志子田を壁に押しやった。背中を打ち付けた彼はずるずると座り込み、呆然と須藤を見上げていた。

◇

市内、定山渓(じょうざんけい)のキャンプ場を訪れたのは夏休みも終わりに近づいた八月中旬だった。はしゃぎ疲れた子供が寝静まったあと、一人焚き火を眺めながらコーヒーを淹れようとしていたときのことだ。

がさり。突然山の方から草を踏み分ける音が聞こえてきた。

風は吹いていない。狐か、狸か、あるいは鹿か。普段なら気にも留めないが、何故かこの晩に限って須藤は音の方向に足を向けたのだ。

「――――」

草木を掻き分けた先で固まった。そこには男が立っていた。

太い木の枝にぶら下げた縄の先にはまあるい輪っか。今にもそれに首を通さんとしている男と目があってしまった。

「あ――」

なにをしようとしていたかなんて、一目瞭然だった。

見なかったことにして去るべきか。失礼しましたと声をかけて去るべきか。

いやいや、どちらにしても寝覚めが悪すぎるだろう。

「あの……コーヒー好きですか？」

自分でも驚いた。

口をついて出たのは頭の中を巡っていたどの言葉でもなかったのだから。

「……好きです」

もっと驚いたのは男が返事をしたことだ。

どれくらい沈黙が続いただろう。一分か、二分か。体感的には三十分くらい経っていそうな気もする。

「今丁度コーヒー淹れるところだったんですよ、一緒に飲みません？」

後ろを向くと、笹藪の向こうに自分のテントの焚き火が見えた。それがヤケに眩しく、温かく見えた。

男にもきっとそれが見えたはずだ。彼はこくんと頷き静かについてきた。幽霊みたいな人だと思った。

「その……なにか辛いことでもあったんです？」

直接的なことは聞かなかった。でも尋ねないといけない気がした。

「……息子に怒られました」

カップの中で揺蕩うコーヒーを眺めながら男はぽつりと呟いた。

なんて理由だと、思わず呆れそうになる。

「若い頃、多額の借金を抱えてしまい、幼い息子を連れて妻に逃げられました」

男は長い身の上話をはじめた。

「最近になって何度か顔をあわせるようになりました。私、それで息子が自分を許してくれたのだと勝手に勘違いし、舞い上がって時折電話をかけていたら――」

『何回か会っただけで親父面するなよ。悪いけど、俺はアンタを許してないし、もう顔も見たくない。今までは母さんにいわれて仕方なく会ってただけだ。悪いけど、もう二度と連絡してこないでくれ。嫁も、娘もいるんだ。余計な迷惑かけたくない』

その拒絶は男を絶望に突き落とすには十分すぎた。

「あなたは、息子さんと仲直りしたかったんですか」

「そうですね。でも……それはもう、叶いそうにないけれど」

（……生きて、会えるのに）

男の悲しく寂しそうな顔を見て、カップを握る手に力が篭もった。

自分は幼い頃に父親を亡くしていた。どれだけ願っても自分は父に会えないのに、親が生きているのに拒絶する子供もいるとは。少しだけ憤りを覚えた。

「仕方がない。私が撒いた種です。許して貰おうとも思ってない。ただ、やっぱり……我が子に拒絶されるというのは、かなり堪えました」

悲しそうに笑う男の目元は知っている誰かにどことなく似ているような気がした。

「――星がとても綺麗なんですね。こんなに綺麗な星空、はじめて見た」

目を潤ませながら男は空を仰ぐ。それにつられて自分も顔をあげた。

周囲を木々に囲まれ、広大な夜空が一面に広がっている。こんな美しい星空を見たのははじめてだった。

「最近、ずっと下を向いていたから全然気付かなかった。あなたのお陰ですね」

男がぎこちなくはにかんだのを見て安堵した。

その足元には太い縄が生々しく置いてあったけれど、見ないふりをした。

「俺、須藤っていいます。お名前を聞いてもいいですか？」

「……志子田と申します」

珍しい名字だが、耳馴染みがあった。見覚えのある目元とその名で確信した。

以前あいつが酔っ払った勢いで「どうしようもないクソ親父」の話をしていたからだ。

目の前にその張本人がいるとは。そしてこの男も生き別れの息子の同僚が目の前にいるなんて夢にも思わないだろう。

きっとこれはなにかの巡り合わせなのだと思った。

「ねぇ、志子田さん。よかったら今度一緒にキャンプしません？」

「え……」

志子田は驚いていた。それもそうだろう。

初対面の人間に、それも死のうとしていた人にそんなことをいうのだから。

でも、ここで次の約束をしておかなければ彼は消えてしまうと思った。

「キャンプって楽しいんですよ。仕事とか、嫌なこととか……自然の中にいるとどうでもよくなるんです」

「……そうなんですか。それは、楽しいかもしれませんね」

同僚から聞いていた父親の印象とはかけ離れた、とても優しそうな人だった。

たとえ肉親でもわかりあえないことはあるだろう。でも、この親子はそうではないと思う。

これはお節介なのかもしれない。

でも、二人はまだ生きているのだから、どうかわかりあえる日が来てほしいと思った。

◇

「なんで……すぐにいってくれなかったんだ」

「いったってお前、絶対聞く耳持たないだろ。父親の話になると百パー怒り出すから」

須藤の言葉に志子田はぐうの音も出ないようだった。

「とにかく、俺は志子田さんをキャンプに誘い続けた。最初は暗かった彼が、今では自分でキャンプ道具を揃えて俺に自慢してくるようになったんだ。そこまで前を向けるようになったんだ。嬉しかったよ……」

須藤は悲しそうに笑う。

「……写真、勝手に渡して悪かったな」

「……どうせ、アイツが寄越せってせがんだんだろ」

いいや、と須藤は首を振る。

「俺が勝手に渡したんだよ。志子田さんの意志じゃない。仲良くなってから、俺はお前の同僚だって伝えたら驚いていたよ」

「だったらなんで……」

「お前のことを懐かしそうに、愛おしそうに語る志子田さんを見ていたら……それで救われるならと、渡せずにはいられなかった」

須藤は額を志子田の胸に当てるように頭を下げた。その目からはぽろぽろと涙が零れる。

「志子田さんは俺の家族を大切にしてくれた。多分、お前の家族に重ねながら。宝物のように扱ってくれた。本当にいい人だった。ずっと、お前に会いたいといっていたよ」

「そこまでいうなら、繋げてくれればよかっただろ」

「できないよ。赤の他人の俺がそこまで首を突っ込めない。俺は志子田さんを諭しながら、祈ってた。お前たち二人が自ら歩み寄ってくれることを」

須藤の告白を志子田は怒りもせず聞いていた。

「……携帯を、貰ったんだよ。昨日、整理士さんから」

須藤の手を掴み、ゆっくりと放しながら志子田はつかさを見た。

ポケットから亡き父の使い古したガラケーを取り出し、開いてみせた。

「悩んだよ。悩んで、悩んで……電源を入れてみた。それで通話履歴を見たんだ」

携帯電話を持つ手が震えていた。

「――父さんが、最後に電話をかけてきたのは俺だった」

やるせなさそうに言葉を吐き出した志子田は壁に背中を預けたまま、天井を仰いだ。

「数日前……親父から電話がかかってきたんだよ。あの日以来、数年ぶりだった」

「話せたのか？」

須藤の期待が篭もる瞳から逃げるように志子田は視線を逸らした。

「俺は出なかった。気付いてたけど、出なかったんだ……留守電だけ残してた」

志子田が震える手で口を覆う。

「ここ数年親父のことなんか忘れて生きてた。でも、あの夜電話がかかってきてすぐ親父が死んだって聞いて驚いた。あのとき電話に出ていたら、もしかしたら、親父は助かったのかなって……一人寂しく、死ぬことはなかったのかもしれない」

震える手のすき間から、志子田が抱え続けていた後悔が次々溢れだす。

「なにをしていてもあの夜のことを思い出すんだ。だから一刻も早く親父の物を全部捨てて、なにもかも忘れたかったんだ」

志子田の深い後悔が怒りに変わり、余計に父を拒絶していたのだろう。

「一人で死んで可哀想だとか、こんなところで死ぬなんて哀れだとか……所詮そんなものは遺された人間の身勝手な妄想です」

二人の会話をじっと見守っていたつかさが口を開いた。

志子田の前に歩み寄ると、しゃがんで目をあわせた。

「布団の上で穏やかに死を迎えられるのは当たり前のことじゃない。死はどこにでも転がっているんです」

「なにがいいたいんですか」

「布団の上で迎える死だけが幸せなわけでも、孤独に息絶えることが不幸せなわけでもないということですよ。お父様は決して不幸なまま一人寂しく死んだわけじゃない」

「親父と会ったこともないアンタになにがわかるんだ」

涙で目を潤ませながら志子田は自分を真っ直ぐ見つめてくるつかさを睨んだ。

「わかりますよ。私たちがあなたのお父様の家を片付けたんですから」

その言葉には強い確信が篭もっていた。

「家では長い時間を過ごします。その人の人柄が手に取るようにわかる。なにが好きで、どういう性格なのか。たとえ間取りが同じだとしても、同じ部屋は一つもありません」

「だから、親父のなにがわかったっていうんだよ!?」

「綺麗好きで几帳面(きちょうめん)な人。あなたと、そして須藤さんのご家族をとても大切に想っていた」

「なっ……」

「あの家には孤独で寂しいという想いは一つもなかった。志子田さんはとても幸せだったと思いますよ。その想いはきっとあなたに届いているはずです」

「そうか……だから……」

そこで納得したように志子田は自身のスマホを取り出した。

「須藤。お前に聞かせたいものがあるんだ」

「俺に？」

「親父が死んだあの日。残ってた留守電だ」

聞いてくれ、と志子田は須藤にスマホを差し出した。

《――留守番電話を再生します》

機械音声が流れた後、聞こえてきたのは男の荒い息づかい。呻き声を上げながら、ごとんと床に倒れる音がする。志子田の最後の声だった。

《――淳(あつし)、ごめんな》

苦しそうな声。その一言に色々な感情がこもっていた。

そうして暫くまた荒い息づかいが聞こえ、ふっ、ふっ、と短い呼吸に変わっていく。

呼吸を整え、絞り出すように再び掠れた声が聞こえた。

《……今夜は……星が、きれい……だぞ。いつか、三人で……見たかったなあ……》

そこでメッセージは終わった。

「――っ」

須藤が崩れ落ちた。目からぼろぼろと涙を流す。

「最後に星を見てたんだ……」

死の淵にいた自分を救った星空を、部屋のベランダで見ていたのだ。二人の息子を想いながら。

間もなく自分の命が消えると悟り、志子田は勇気を振り絞って息子に電話をかけた。精一杯の謝罪の気持ちと、心の奥底でずっと願い続けた夢を告げたのだ。

窓のすき間から僅かに覗く星空を一人眺めながら。

「……これはあくまでも憶測にすぎません。真実はお父様本人しかわかりませんから」

そういって、つかさは立ち上がり二人の傍を離れた。

「親父のことはまだ許せない。でも、あのとき親父を拒絶したのは俺で……あのまま親父が首を吊っていたら、俺は別の後悔をしていたかもしれない」

「志子田……」

志子田は涙を流しながら、須藤の肩に両手を置いた。

「須藤。親父を救ってくれて、俺の代わりに一緒にいてくれて……どうもありがとう」

「……っ。最後に、志子田さんがお前に電話できてよかった……」

二人の泣き声は暫く周囲に響いていた。

数十分後、二人は泣きはらした目で亡き父親と対面した。

骨だけになった父を二人は愛おしそうに眺める。

「久しぶり、親父。随分変わっちまったな」

「今まで、ありがとうございました」

二人の息子に見送られながら、志子田は無事に旅立ったのであった。

＊

「無事に……見送れてよかったねぇ」

その後、メメントに帰ってきても笹森はずっと泣いていた。

「いい加減泣き止んだらどうっすか。ほらティッシュ」

洲雲が笹森を慰めながら箱ティッシュを押しやる。

「そういえば、志子田さんの遺品どうしよっか」

「須藤さんと志子田さんが後ほど受け取りに来るそうです」

「わぁ、それはよかった」

紗栄子とつかさが話していると、丁度電話が鳴った。

距離的にはつかさが近い。ちらりと紗栄子を見ると、どうぞどうぞと紗栄子が手で促す。

「——はい、メメントです」

『あ、志子田さんが住んでたアパートの大家ですけど——』

電話はあの大家からだった。

うっ、とつかさは身構えながらマシンガントークを右から左へ受け流した。

『……ああ、えっと、駄目だね。いつも話に夢中になって、本題から離れちゃって。お姉ちゃんたちにいい忘れたことがあったんだ』

「なんでしょう」

『志子田さんは無事、旅立てたかい？』

少し悲しそうな声音に、つかさは目を瞬(しばた)かせる。

「……ええ。先程、無事に」

そうかい、と大家は安堵した後でこう続けた。

『部屋、綺麗にしてくれてありがとうね』

「いいえ。こちらこそ、ありがとうございました」

そう答えるつかさの表情はほんの僅かに微笑んでいた。

「……笑った」

「柊さんも笑うんだ……」

彼女の笑顔をはじめて見た上司二人組が面食らっている。

視線に気付いたつかさがすっと真顔に戻ると残念そうに肩を落とした。

「今日も平和だなあ……」

その光景を見ながら洲雲はふっと笑いつつ、ポケットから取り出したジッポーライターを弄っているのであった。

第三話　死の責任

遺品整理の現場というのは中々過酷なものだ。

予想だにしない凄惨な現場もあれば、部屋一面ゴミの山という途方に暮れたくなる現場だってある。だが、手を動かしていればいつかは終わる。相手は物だからだ。

だがそれが対人間だと話はまた変わってくる。

「お金になりそうな物だけぱぱっと見つけて、後は全部捨てちゃって。邪魔だから」

(帰りてぇ……)

洲雲は懸命に笑顔を張りつけながら心の中で嘆いていた。

今日の現場は宮の森。札幌では有名な高級住宅街だ。

当然依頼先も立派すぎる豪邸だった。亡くなった父親が孫と二人で住んでいた住宅の遺品整理をしてほしい、という息子からの依頼に急ぎ駆けた結果がこれだ。

『洲雲くん。柊さんのこととくれぐれもよろしくね。僕も現場を終わらせてなるべく早く手伝いにいくからさ。その……洲雲くんも大変だと思うけど頑張って』

三十分前、会社を出る間際の笹森の様子からずっと嫌な予感はしていた。

「遅い。五分遅刻だ」

「忙しいのにわざわざ兄さんと予定あわせて集まったんだから、しっかりしてよ」

玄関先から高慢そうな眼鏡の男と、香水の匂いがきつい派手な女が出てくるものだから更に嫌な予感がした。

依頼は二階にある書斎の遺品整理。十畳ほどの洋室にはこれでもかと物が散乱していた。まるで泥棒にでも入られたかのようだ。

「その中からお金になりそうな物だけ探して、後は全部処分で」

「俺たちは見張りも兼ねて一階にいる。時間がないから迅速に終わらせてくれ。高い金を出してやっているのだから、それに見あう仕事を頼むよ」

「……ええ」

洲雲はなるべく無感情で相手の話を聞き流していた。すると男がいやらしそうに笑い、洲雲の肩を叩く。

「安月給の清掃員には手が出せない品ばかりだろうけど……くれぐれも、目が眩(くら)んで盗もうだなんて思わないように」

「…………………はあ」

そして冒頭に戻る。

階段を下りていく二人の足音が遠くなっても洲雲は作り笑顔のまま息を止めて固まっていた。

「洲雲さん、行きましたよ」

「っ……はあ。死ぬかと思った」

背後に立っていたつかさに声をかけられてようやく洲雲は呼吸を再開する。

「ああいう人たちに笑顔で元気に明るく対応する必要あります？」

相変わらずの真顔だが、その瞳には明らかな敵意が込められている。

笹森にあれだけ念押しされた意味がよくわかった。

「柊、頼むから前の会社でしたような暴走はするんじゃないぞ」

「さあ。あの失礼な人たち次第じゃないですか？」

顔引きつってますよ、と指摘しながら部屋の奥に突き進んでいくつかさの背中には殺気が滲んでいる。どうやら爆発寸前だったようだ。

「ああ、もう帰りてえ……」

洲雲は重苦しいため息をついた。

依頼人はかなり難あり、相方はいつ堪忍袋の緒が切れてもおかしくはない。そして極めつけはこの暑さだ。

七月末は北海道(ほっかいどう)も夏本番だ。この物に溢れた熱が篭もる部屋の中で、爆弾を抱えながら仕事をすると考えただけで洲雲の胃は悲鳴を上げそうになっていた。

「——あの、クーラーつけていいですよ」

作業に取りかかる寸前。聞き慣れない声とともに心地よい冷風が吹き付けてきた。

「お疲れ様です。今日暑いんで、よかったらこれ飲みながらやってください」

現れたのは礼儀正しそうな高校生くらいの少年だった。

「あ、態々すみません……ありがたく頂きます」

差し出されたパウチ型のスポーツドリンクを受け取った。ご丁寧に冷凍されている。

彼は洲雲に差し入れを渡した後も、難しそうな顔でじっと部屋の中を見つめていた。

「……なにか？」

「あの……邪魔じゃなければ、俺にも手伝わせてくれませんか？　じいちゃんの遺品、自分も見たくて」

恐る恐る提案する少年に洲雲は苛立ちが少しだけ収まったような気がした。

「もちろんですよ。いいよな？　柊」

「極力私に話しかけてこないのであれば構いません」

つかさの言葉に少年は戸惑いを見せる。

正確には「遺品の残留思念を知るために集中したいから」という前置きがあるのだが、これではただの拒絶だ。どうにも彼女は言葉が少なすぎる。

「やっぱりお邪魔ですよね……」

「いやいやいや。いいんだよ、彼女のことは気にしないで。気難しい人なんで」

「俺、孫の高藤俊介(たかふじしゅんすけ)といいます。今日はよろしくお願いします」

「遺品整理士の洲雲と柊です。こちらこそよろしくお願いします」

礼儀正しく頭を下げた少年。ようやくまともな人間に会えたと、洲雲は感激する。

「早速ですが、こちらは処分する物なので車に運んで頂けますか？」

「は、はい」

つかさは無遠慮に俊介に重たい段ボールを押しつけた。

驚きながらも、彼はいわれたとおりに荷物を持って階段を下りていく。

「おい、バイトじゃないんだからこき使うなよ！　俊介くんそれ俺が――」

「こうでもしないと二人きりになれないじゃないですか」

「はあ？」

なにいってんだこいつ、という目で洲雲はつかさを見た。

よく見るとつかさに袖を掴まれているではないか。

これはそういうことなのかと、洲雲は内心焦り出す。

「この部屋、ありますよ。それも中々重そうな遺品が」

「――あ、ああ。そうだな、そうだよな。残留思念のこと人前でいえないもんな」

真顔でぐるりと部屋を見渡すつかさ。途端に変なことを考えた自分が恥ずかしくなった。

「それにここ、妙な違和感が――」

といいかけたところでつかさは洲雲から妙な視線を感じ、そちらを見やる。

「……なにか変な誤解してません？」

「お前が変ないい方するからだろうが！　袖掴む必要あるか⁉」

「他にどう止めろと？　腕掴まないと洲雲さんさっさと外行っちゃうじゃないですか」

蔑むような視線を送られ洲雲はかっと赤くなった。たとえ相手に全くその気がなくても、あの言い回しをされれば誰だって驚いて当然だ。自分は絶対に悪くない。

「お二人は仲良いんですね」

いつの間にか俊介が戻っていたようだ。いい争っている二人を微笑ましげに見ている。

「冗談じゃない！」

声が重なった。それを見て俊介が吹き出したので、二人は睨み合った。が、先程まで感じていた苛立ちは全て吹き飛んでいた。

「――次、なにすればいいですか？」

手伝いといいながら、俊介はテキパキ働いてくれた。

「俊介くんは高校生か？」

「はい。今高校三年で、もうすぐ十八になります」

「バイト代払わないと駄目だな。というか、うちの会社に欲しいくらいだ」

「社長がここにいたら泣いて喜びそうですね」

彼の働きぶりにはあのつかさも感心するほどだ。

俊介の協力と冷房の支えもあって、遺品整理は三分の二ほど進んでいた。

「疲れたら遠慮せずに休んでいいんだよ。元々俺たちの仕事なんだから」

「好きでやってるんで大丈夫っす。それに、こうでもしないとじいちゃんの遺品なんて見られないし……」

含みのあるいい方が少し引っかかった。

この部屋にある遺品は一見ガラクタに見えるが、高価な壺や絵皿、ときに金やプラチナのアクセサリーにブランドものの鞄や時計などが平気で転がっている宝の山だった。

「はっ、確かにこれなら目が眩んでもおかしくなさそうだな」

先程の依頼人の言葉を思い出し、洲雲は乾いた笑みを零す。

「でも……部屋の奥に進むにつれて整頓されていますね」

部屋の入り口が酷い有様だったので骨が折れそうだと思ったが、作業の速度は徐々に速まっていった。何故なら、部屋の奥のほうは殆ど整理整頓されていたからだ。

「じいちゃん、自分の遺品は全部ここに詰め込んでおくからってコツコツ生前整理してたんです。手前のは……あの人たちが荒らしたんです」

「ああ……」

ブランドものの空箱や空の紙袋が転がっていたのは、恐らくあの兄妹が遺品を荒らしたからだろう。

「で、段々部屋が荒れてきて嫌になって放り出したわけですね。墓荒らしをするにしても中途半端すぎですね」

「……おい」

つかさの辛辣な言葉を一応洲雲は諌めたが、俊介は「いいですよ」と笑う。

「あの人たちのことは正直、俺もあまり得意ではないので」

「随分遠回しにいうんですね。嫌いなら嫌いだとはっきりいえばいいのに」

「お前がはっきりいいすぎなんだよ」

直球すぎるつかさの言葉に俊介は苦笑を浮かべ、誤魔化すように肩を竦めた。

「……すみません、ちょっと喋りすぎましたね」

「いいですよ別に。溜め込みやすい人こそ、発散が必要だと思いますから」

手を止めずにつかさはぶっきらぼうに呟く。

「なんだ。俊介くんのこと気にかけるなんてお前も優しいところあるじゃないか」

「閉め出されたいんですか」

ぎろりと睨まれたが、それは恐らく照れ隠しだろう。そう判断した洲雲がにやにやしていると、つかさははっきり聞こえる舌打ちをしていい返してきた。

「なにを勘違いしているか知りませんが、今は見える物もないので喋ってもいいといってるだけです」

「ないのか。これだけあっても」

「ええ。どんな高価な物も、古い物も、強い想いを感じる物はまだなにも」

そういいながら、つかさは拾い上げた時計の箱を遺品が沢山詰まった貴重品の段ボールへ入れた。彼女のすぐ傍に置かれている残留思念が見える物を入れる箱は空のままだ。

「なんの話をしてるんですか？　なにかおかしなところでも——」

「いえ。こちらの話なので——あ」

部屋の奥にある押し入れを開け、つかさは固まった。

「どうした？」

ぎこちない動きで洲雲を見て、無言で手招きする。

「あー……まずいなあ」

「相手が相手なので面倒ですね」

押し入れの前で屈んだ二人は困り顔で話を進める。

「俊介くん、大変申し訳ないんだけど……叔父さんたちを呼んできてくれないか」

「え……っ」

洲雲の指示にはじめて俊介が固まった。

ここにいる全員が関わりたくない人間の顔を思い浮かべ、眉を顰めた。

「な、なにがあったんですか!?」

「金庫ですよ」

体を除けたつかさが指さした先には大きな金庫が鎮座していた。

*

「金庫が見つかったんですって!?」

それから間もなく、ドタドタと慌ただしく俊介の叔父と叔母が書斎に入ってきた。

「その中に遺言状があるかもしれない……」

「現金だって入ってるかもしれないわよ！」

二人の目が卑しそうに輝いていくのとは逆に、背後で気配を殺している俊介の目が曇っていく。

「……暗証番号とかご存じですか？」

つかさが我関せずと作業を続けているので洲雲が仕方なく話を切り出した。

「どいて！　私がやるわ！」

叔母は押し入れ近くにいたつかさを押しのけ、金庫に手を伸ばした。

ダイヤル式の取っ手を捻り、色々と格闘しているようだが——。

「開かない」

「そう簡単に開くわけないだろ。どれ……俺が開けてやる」

二番手は叔父だ。眼鏡の位置を直しながら、これまた懸命にダイヤルを回しているが金庫が開く気配は全くない。

「兄さんも駄目じゃない！　なんで開かないのよっ！」

叔母は兄に不満を零すと、今度は洲雲たちに標的を変えた。なにをいわれるのだろうかと洲雲が身構える。

「アンタ達、プロなんだから金庫くらい簡単に開けられるでしょう？　すぐに開けてよ」

「は、はあ……」

なんでいちいち命令口調なんだよ、と洲雲は内心で悪態を吐きながら必死に笑顔を繕う。

「簡単に開いたら金庫の意味ないじゃないですか」

だが、次の瞬間にはその努力をつかさが木(こ)っ端(ば)微塵(みじん)に粉砕してしまった。

「なんなんだこの女は!?　客に対する態度かそれは！」

「それを人にいえる立場ですか」

誰に対しても一切態度を変えないつかさに、叔父たちの額に青筋が浮かぶ。

「ええと、私たちはあくまで遺品整理士ですので……金庫などの鍵を開けるとなるとまた別の業者に委託することになっておりまして――」

「ちっ、使えないな。なんのために大枚叩(はた)いて雇ってやってると思うんだよ。清掃員風情が偉そうに」

ぴしり。洲雲が笑顔のまま固まった。

すみません、と謝りながら辛辣な言葉を聞き流すよう必死に自分に言い聞かせる。

「ちょっ、二人とも落ち着いて！　幾らなんでも失礼だって！」

俊介が間に入って止めてくれなければ手が出そうになっていた。

そこでようやく叔父たちは少年の姿を目に留めたようだ。洲雲たちに向けるより数段冷たい視線。その瞬間、部屋の空気が凍り付いた。

「そういえば……アンタ、私たちを呼びに来たけどなにやってんの？」

「……遺品整理の手伝い、です」

萎縮した俊介は目を泳がせながら答える。

「大人しく部屋に篭もってろっていったじゃない！」

「まさか業者の手伝いに紛れて、金目の物を盗(と)ろうとは思ってないだろうな!?」

「そんなことしない！　大体、じいちゃんの遺品を勝手に漁ったのは叔父さんたちだろ!?　あの日だって――」

ばちん。鈍く乾いた音が俊介の言葉を途切れさせた。

叔父が俊介の頬を思いきり平手打ちしたのだ。

あまりに突然のことに洲雲もつかさも驚き固まった。

「親の遺品をどうしようと俺たちの勝手だろう。子供が偉そうに口出しするな」

「……っ」

赤くなっていく頬を押さえながら、俊介は悔しげに叔父を睨みあげた。

「なんだその目は」

叔父は怒りに目をつり上げ、俊介の胸ぐらを掴み上げる。

「その態度はなんだ！　お前が今まで生きてこられたのは誰のお陰だと思ってる！」

「私たちを恨むだなんてお門違いよ！　この人殺し！」

「──っ」

その一言で俊介の表情が一変した。

目が揺らぎ、顔色が真っ青になっていく。

さすがの洲雲もこれ以上静観することはできなかった。

「ちょっと、アンタらいい加減に──」

彼が動くよりも早くその横を小さな影が通り過ぎていく。

「いい加減にしてください」

つかさが叔父の腕を掴んでいた。

「なんだお前！」

「仕事の邪魔なんですよ。この部屋から出ていってください。今すぐに」

「邪魔だと!? さっきからクライアントに向かってなんて口の利き方をするんだこの女は！ 教育がなってないのか!?」

「あいにくですが、お客様は神様ではありません。私たちが向き合うのはあなたたちではなく、故人の遺品です。それを蔑ろにするご遺族に寄りそう気は微塵もありませんので」

「な――っ」

さすがに業者にここまでいわれるとは全く思っていなかったのだろう、言葉に詰まった男の顔が怒りでみるみる赤くなっていく。そして青筋を立てて口を開く――よりも先につかさがいった。

「あなたがたがぎゃーぎゃー騒ぐから、なにも見えないし聞こえないんですよ。迅速に終わらせてほしいのであれば、私たちの邪魔をしないで頂けますか。それに！」

淡々とした口調のつかさが突然声を張り上げたので、男たちは驚き肩をふるわせた。

「俊介さんが手伝っていたのは私が指示したからです。文句がおありなら全て片付いた後で私に直接どうぞ！」

「ちょっ――」

その細腕のどこに力があるのか、つかさは叔父と叔母の腕を掴み部屋の外に追い出した。

「こちら金品等の貴重品になります！　では！」

どんっ、と金品が入った段ボールを廊下に出して勢いよく扉を閉めた。そしておまけに鍵までかけてつかさは洲雲を見る。

「――私はクビになりますか」

彼女の勢いに呆気にとられていた洲雲はその問いかけにはっと我に返る。

「少なくとも俺ならクビにしないね。よくやった」

「……どうも」

視線を合わせ二人はふっとほくそ笑む。

叔母が必死に扉を叩く音と、叔父がどこかに電話する声が聞こえているが、気にしないことにしよう。それよりも――。

「大丈夫ですか」

二人は頬を押さえている俊介を見た。彼は悲しそうに俯いて震えている。

「……あまり、大人のいうことを真正面から受け止めない方がいい。特にああいうのは」

「いいんです。じいちゃんが死んだのは俺のせいなんですから……」

もう大丈夫ですよ、と彼の背中を摩るつかさの手は優しく、その表情は痛々しげに歪んでいるように見えた。

＊

『──そういう事情なら、仕事を中断して戻ってきてもいいよ。僕の方から依頼人には別の業者を紹介しておくから』

書斎に籠城して間もなく、笹森から洲雲に連絡があった。恐らくあの叔父から電話が入ったのだろう。

その声音はかなり厳しいものだったが、洲雲とつかさを責めるような言葉はなかった。

「──って社長はいってるけど、どうするよ」

「やることやって迷惑料をこっそり上乗せしてお代頂いた方がいいかと思いますが。ここで帰るなんてそれこそ時間の無駄でしょう」

騒動後つかさはすぐに作業に戻っていた。

彼女のワーカホリックぶりにはほとほと呆れてしまう。

「本当にすみません。俺のせいで、不快な思いをさせてしまって……」

「いや、俊介くんのせいじゃない。ウチのも口が悪すぎて、叔父さんたちを逆上させちまったのも事実だから」

深々と頭を下げる俊介を宥めていると、洲雲に鋭い視線が突き刺さった。

「そういう割には止めなかったじゃないですか」

「まあ……柊が動いてなかったら俺が手を出してたかもしれないしな」

「暴力はクビどころか犯罪ですよ」

「ああもう、いちいちうるせえやつだな！　お前がクビになったら俺も責任とって一緒に会社辞めてやるってんだよ！」

　また二人のいい争いが始まった。重い空気が逃げるように去っていき、俊介はまた吹きだした。

「あなたから頂いたものですが、これでほっぺた冷やしたほうがいいですよ」

「普通、人前で甥っ子殴るか？　必要だったら今すぐ警察呼ぶぞ」

「いいんですよ。どうせ警察呼んだってしらばっくれるんだし……それにどうせ来年高校卒業したら縁を切る予定なので」

　俊介は驚かせてすみません、と謝りながら立ち上がった。

「あの二人は父の弟と妹なんです。昔から父を目の敵にしてたらしくて……それで俺も嫌われているんだと思います。俺、父にそっくりらしいんで。あ、ちょっと重い話になるけど大丈夫っすか？」

　洲雲が頷くと、俊介は手を動かしながら話し始めた。

「母は俺を産んだときに亡くなったらしくて。それから父と二人でいたんですけど、その父も俺が小学生のときに事故で死んじゃって。それでも最初は叔父が引き取ってくれて、一緒に暮らしてたんですよ。最初は嘘みたいに優しかったんです」

重い段ボールを持ち上げながら、俊介は努めて明るく話す。

「でも、ある日父が俺に遺してくれた通帳からお金が消えてたのに気付いたんです」

「まさかあの叔父さんが？」

「ええ。追及したら態度が一変しました。俺は学校にも行けなくなって、家政夫扱いされて。同い年の従兄弟には召使いみたいに扱われましたよ。この令和にですよ。笑えますよね。で、それを知ったじいちゃんが叔父に激怒して、俺を引き取ってくれたんです」

想像以上に重い過去に洲雲とつかさは返す言葉が見つからずにいた。

「いや、あの。笑ってくれていいですからね」

「苦労……したんだな」

労うように洲雲が肩を叩くと、俊介は苦笑を浮かべた。

「それからじいちゃんは叔父と叔母を俺から遠ざけてくれてたんすけど、一年前にじいちゃんが足を悪くしてから急にまたすり寄りはじめたんです。滅多に家に顔を出さない二人が、急に『父さん、父さん』って。じいちゃんと二人で気味悪いねって話してたんです」

「確実に遺産目当てですね」

「おい」

オブラートに包むことを知らないつかさの物言いを洲雲は窘めた。

「いいんですよ、事実ですから。じいちゃんだってそれはわかってた。でも、日に日にじいちゃんの足は悪くなって、思うように体が動かなくなってきて――生前整理をはじめたのは丁度それくらいからでした」

「この金庫のことはなにも聞いてなかったのか？　その……番号とか、聞いてたりとか」

意味ありげに洲雲が俊介を見れば、彼は苦笑を浮かべて頷いた。

「金庫の存在は知ってましたけど、番号は本当に知りません。ただ、大切な物が入っている、とだけ」

「大切な物ねぇ……」

洲雲がなにかいいたげにつかさを見た。妙な視線を向けられた彼女は心底嫌そうに顔をあげる。

「なんですか」

「いや、お前なら金庫の番号わかりそうだなあ……と思って」

「残留思念をなんだと思ってるんですか」

期待の篭もったにやけ顔につかさは不愉快そうに眉を顰めた。

「この中にはそれはそれは強い想いが篭もった大切な物が入ってるんじゃないか？　ほら、あの母娘の机だってそうだったろ」

「あれは娘さんが強い願いを込めて机に物をしまったからですよ」

「……じゃあ鍵開け業者呼ぶしかないか」

業者を呼べば簡単な話だ。だが、そうすると俊介がこの中身を確認する機会は恐らくこないだろう。たとえ何が入っていたとしてもあの叔父達に有耶無耶にされるに違いない。

「まあ……やるだけやってみます」

鍵開け業者呼ぶのは面倒だし、となんだかんだつかさも乗り気で金庫に近づいた。

「俊介さん」

「は、はい」

「私に話しかけないでくださいね」

そう注意してつかさは両手で金庫に触れた。目を閉じ、眉根を寄せ暫し黙り込む。

「――――」

なにかを探るように頭を右に左にと揺らし、眉間の皺をさらに深くしていく。

一分ほどそうした後、つかさはゆっくりと手を離した。

「どうだ？」

「駄目ですね。なにも見えませんでした」

「……そうか。大人しく業者呼ぶしかないかあ」

ゆっくり首を振ったつかさに洲雲はがっくりと肩を落とす。

「さっきからお二人はなんの話をされているんですか？」

「信じてもらえないかもしれませんが、私には物に残された想いが見えるんです」

俊介に自分から残留思念のことをあっさり話したつかさに洲雲は少し驚いた。

俊介も不思議そうな表情こそしているが、つかさを疑っているようには見えなかった。

「じいちゃんが大切にしていた物がわかるってことですか」

「そうですね。それがこの金庫の中にあるかどうかはわかりませんが、この部屋のどこかにそれがあるのは確かです。それを踏まえて、話を戻すのですが」

じっとつかさは俊介を見る。

「俺のせいでじいちゃんが死んだ、というのはどういうことですか」

「――な」

そこに話を戻すのかと、洲雲が息を呑んだ。

「辛い生い立ちは笑顔で話していた。だけど、どうしてそこだけは避けたんですか？　一体なにを隠しているんです？」

「べ、別にそこは必要ないかと思っ――」

いいえ、とつかさは俊介の言葉を遮った。瞬（まばた）きせず詰め寄るつかさに、俊介は後ずさる。

「寧ろ重要なのはそこです。私たちの仕事は亡くなったおじいさんの遺品整理。もし、故人が伝え遺したものがあるのなら、私はそれをあなたに伝える義務がある」

「な、なんでそんなこと初対面のあなたに話さなきゃいけないんですか！」

「はいはいはい！　ストップ、一回落ち着け！」

かっとなった俊介とつかさの間に洲雲が入り、二人を遠ざける。

「二人とも熱くなりすぎだ。というか柊が悪い！　お前は言葉を選ばなさすぎなんだよ。一回外で頭冷やせ――」

と洲雲が部屋の扉に手をかけて固まった。そういえば鍵がかかっていたなと思い出し、鍵を開けようとするが――。

「開かねえ」

「……は？」

つかさは眉間に皺を寄せ、ドアノブを捻る。だがやはり開かない。

「――あ」

その背後で俊介がなにかを思い出したように唸りながら頭を抱えた。

「この部屋、鍵壊れてるの忘れてました」

「マジで？」

洲雲の顔が引きつる。ここは二階。下に下りられそうな場所などない。唯一求められる助けはあの実害でしかない叔父叔母だ。もしくは笹森が早く来てくれることを祈るしかない。

「丁度いいじゃないですか。閉じ込められているうちにやれるだけのことやりましょう」

なにも気にせず作業を再開しだしたつかさに洲雲は頭を抱えた。

誰のせいでこうなったといいたかったが、自分もあの行動を肯定してしまったのだから
なにもいえない。

「それに……片付けているうちに本当のことを聞けるかもしれませんし」

つかさのちくりとした一言に俊介はさっと視線を逸らした。

「……ああ、ちくしょう！　踏んだり蹴ったりじゃねえか！」

苛立たしげに洲雲は頭を掻きむしり、遺品の山へと戻っていく。

なんともいえない空気の中、外に出られない三人は手を動かすしかなかった。

＊

書斎の奥へ進めば進むほど、つかさの手の動きは遅くなっていった。

「これは、いる」

次から次へと、段ボールに物が積み重なっていく。

なんでもない写真。古びた本。ひび割れたマグカップ。壊れた腕時計。つかさが大切そうに箱にしまっていく物は先程まで山のように溢れていた高価な金品ではなかった。

（でも、なにかがおかしい）

そんな大切な遺品がある一方で、違和感を覚える物もあった。

触れたところで強い想いを感じる物ではない。指先に僅かな痺れと、一瞬の不快感に襲われる程度。それが一つや二つであれば気にも留めないだろう。

「今まで触れてきた遺品全て……？」

つかさはじっと両手を見つめる。指先が微かに震えて、じんわりと痺れが広がっている。

この感じは途中から感じはじめたものではない。ほんの少しずつ蓄積され続けたものが今やっと溢れだしてきているかのようだった。

想いとも、強く刻まれた感情とも呼べないなにかがつかさの体を満たしはじめていた。

「……恐怖？」

「おい。夢中になりすぎだ、水分摂れ。熱中症になるぞ」

ぼんやりしているつかさの前に飲み物が差し出された。

顔をあげると心配そうな洲雲と目があった。そのまま視線を下ろすと、自分の両手が小刻みに震えていることにようやく気がついた。

「調子悪いなら少し休め」

「いえ、熱中症ではなく……今まで遺品に触れていたら手が震えだしただけです」

「なにか見えたのか？」

その問いかけにつかさは首を傾げた。

「わかりません」

「わからねえってどういうことだよ」

「見えたわけじゃなくて、伝わってくるんです。体中を針で浅く何度も突き刺されるような、なんともいえない……もどかしい痛みが」

こんなに戸惑っているつかさを洲雲ははじめて見た。

彼女にとっては不快極まりない感覚なのだろう。

「その状態で教えるのも癪なんだが……お前が見えそうなモン見つけたぞ」

「それを先にいってください」

洲雲が指さした先は書斎の一番奥。押し入れの奥の奥に眠っていた古い段ボールだった。

床に座り込んでいたつかさはそのまま四つん這いになってそちらへ向かう。

「——あ」

その段ボールを開けた瞬間、つかさは固まった。

先程まで微弱な反応を読み取ろうと感覚を研ぎ澄ましていたせいだろう。あまりにも強い想いが一気につかさの脳内を駆け巡った。

『——俺のせいだ』

胸を鋭利な刃物で突き刺されたような鋭い痛み。

さらにその奥を見ようともがけばもがくほど、体全体に辛さや苦しさが重しのようにずしんとのしかかってくる。

（もっと。もっと奥へ……）

『——父さん』

「あの、大丈夫ですか。俺さっきいいすぎて——」

よく似た声が二つ重なった。

はっとして顔をあげると、申し訳なさそうな俊介としまったという顔をしている洲雲に見下ろされていた。

「わり。邪魔した……よな」

「……いえ」

つかさはそこでようやく自分が涙を流していることに気付いた。

「す、すみません。俺……本当に……」

「違います。あなたのせいではありません」

青ざめる俊介。つかさは袖口で涙を拭いながら立ち上がった。

「——おじいさんとお父さんは喧嘩別れなさったんですね」

その言葉に俊介は目を見開いた。視線はそのまま下へ。つかさが持っていた物を見てさらに狼狽えた。

「それ……父が事故に遭ったときに着てたやつ」

透明な袋に入ったスーツだった。袋の上からでもかなりすり切れているのが窺える。

それだけではない。つかさの前に置いてある段ボールの中には俊介の父の物と思われる遺品がぎっしりと入っているようだった。

「おじいさんは、息子さんが死んだのは自分のせいだと嘆いていた……今のあなたと同じように。違いますか？」

全てを見透かすようなつかさの瞳に俊介の眉間に皺が寄る。

「さっきの話に戻そうとしていませんか？」

「いいえ。それはそれ、これはこれです。ただ、この辺りの遺品からはおじいさんの後悔の念が強く伝わってきたので。お父さんの想いを覆ってしまうほどの強い想いが」

どうぞ、とつかさは俊介に父親の遺品を渡す。それを見つめながら俊介は言葉を零す。

「直接いわれたことはありませんけど。父の葬式でじいちゃんがかなり取り乱してました」

「……少なくとも、お父さんはおじいさんのことを恨んではいませんよ」

顔をあげた俊介はきっとつかさを睨んでいた。

「なんであなたにそんなことがわかるんですか」

「いったでしょう。私は物に刻まれた想いが見えるんです」

「あなたには一体なにが見えているんですか」

「さあ、まだはっきりとは。でもここを片付けたら視界がはっきりするかもしれません」

乱雑に荒らされた部屋。生前整理をしていたという故人。彼が大切にしまっていた亡き息子の遺品。なにかを隠している遺族たち。そして開かない金庫。

「色々と不思議なことばかりですが、ひとつだけ確かに見えたことがあるんですよ」

「なにがわかったんだ」

「金庫の暗証番号がわかったかもしれません」

そう答えるつかさに洲雲と俊介は息を呑み、物いわぬ金庫をじっと見つめたのだった。

＊

「――で、金庫が開いたのか」

つかさが閉め出した叔父たちが書斎に上がってきたのはそれから三十分後のことだった。中々出てこないつかさたちに痺れを切らした二人によって書斎の扉は無事開かれた。

そこで二人が見たものは遺品が整頓された綺麗な部屋と、その中央に鎮座した小型の金庫だった。

「いえ、まだ開いてませんよ。お二人が来るのを待っていたんです。曲がりなりにも、一応、ご遺族なので」

棘のあるいいかたに叔父は顔を歪めた。洲雲が窘めるようにつかさを肘で軽く小突く。

「随分綺麗になったけど、遺品整理は終わったわけ？」

「ええ。後は搬出すればお終いになります」

「部屋が荒らされていたせいで時間がかかってしまいましたけどね」

なるべく穏便に済まそうと洲雲が対応すれば、つかさがすかさず嫌みの横やりを入れる。

叔父と叔母は明らかに不機嫌になりはじめ、懸命に笑顔を作っている洲雲の胃が悲鳴を上げはじめた。

「……まあいい、時間の無駄だ。さっさと開けて、さっさと帰ってくれ」

「俊介さん、いいですか？」

つかさは叔父を無視して俊介に尋ねた。

突き刺さる視線を感じながら彼が頷けば、つかさは金庫の前にしゃがみ込んだ。

「ええと、まずは――と」

カチカチカチ、とダイヤルが回る音がする。

「どけっ！」

つかさが四つ数字を合わせるなり、叔父は彼女を押しのけ金庫の扉を引いた。

「開かないじゃないか！」

しかし金庫はびくともしなかった。

「暗証番号ってどうやって決めます？」

非難囂々の空気をものともせずつかさは洲雲と俊介を見た。

「自分が忘れない数字ですかね」

「生年月日とか、なにかの記念日とかだろうな」

「ええ。私もそうします」

つかさは冷めた目で叔父を睨むと顎で「どけ」と促した。そしてもう一度ダイヤルを回していく——が。

「開かないじゃない！」

「お前、俺たちにこの部屋から出して貰うためにわざと気を引く真似を！」

「私は『暗証番号がわかったかもしれない』といっただけです。勝手に期待して失望しないで頂けませんか」

耳元で怒鳴られたつかさはうるさそうに顔を歪め、ため息をつく。

「今試したのはお二人の生年月日ですよ。でも、どちらも開きませんでしたね」

嫌みにもほどがある。

一触即発の空気に洲雲は胃の辺りを押さえ、俊介は苦笑を浮かべるしかない。

「はっ、親父が俺たちのことを嫌っていたっていう当てつけか!?」

「さあ、どうでしょう。次は俊介さんの生年月日で試してみますね」

叔父の言葉をいなしながら、再びつかさはダイヤルを回した。それを見守っていた俊介がごくりと息を呑む。

「うん。これも駄目でしたね」

だがやはり金庫は開かなかった。

「お前、当てずっぽうじゃないだろうな……」

「幾つか候補があるんですよ。名探偵じゃないんですから、一発で当たるわけないでしょ。私素人ですよ？」

三度目のミス。これにはさすがの洲雲も呆れるしかなかった。

そして静観していた俊介も不機嫌そうに眉を顰める。

「俺たちへの嫌みですか。じいちゃんはここにいる誰も気にかけていなかったって」

「だから、そんなこと誰もいってませんよ。当てつけだの嫌みだの、あなた方が勝手に曲解しているだけです。私に当たらないでいただけますか」

俊介に睨まれてもつかさは動じず再びダイヤルに手をかけた。

「どんなに一緒にいたとしても人の気持ちなんて推し量れませんよ。その相手がいなくなれば尚更。良いことも悪いことも自分の頭の中で勝手に補完してしまう」

「さっきから柊さんはなにをいいたいんですか」

「俊介さんたちはおじいさんに対し、なにか後ろめたい気持ちがあるでしょう?」

あまりにも真っ直ぐすぎるつかさの視線に三人はさっと目をそらした。

「でも物は違います。物に刻まれた強い想いは失われることなく、ずっとそこに残り続ける。たとえそれがどんな想いだとしても」

カチカチカチカチ。

ダイヤルを回すつかさの動きに迷いはない。

そうして四度目——とうとう、かちんと音が鳴った。

「——ビンゴ」

そっとつかさが扉に手を当てると、それは鈍い音を立てながらゆっくりと開いた。

書斎の奥で埃を被(かぶ)っていたそれがようやく開いたのだ。

「どけっ!」

「そこに遺言状が——」

扉が開いた瞬間、叔父と叔母は目の色を変えつかさを押しのける。

二人で膝をつき金庫の中を覗き込むその姿はなんとも滑稽だった。

「あったぞ、遺言状だ!」

それから間もなく叔父たちが喜々として手を挙げた。彼らの手には故人が書いたものであろう遺言状が握られている。

「兄さん早く開けて！」

「……あ」

洲雲とつかさが漏らした声は二人の耳には届かなかった。

叔母に急かされ、叔父は震える手で焦りながら口が開いたままの封筒から中身を取り出した。Ａ４サイズ一枚の短い遺言。それを読んだ二人は固まった。

「……私、高藤俊紀が亡くなった後、遺産は全て孫の高藤俊介に譲る」

「――な」

読み上げられた遺言に俊介は目を丸くした。

「嘘だろ。俺たち子供にはなにもナシだと……」

叔父が呆然とする一方、叔母は恨みの篭もった瞳でぎろりと俊介を睨みつけた。

鬼のような形相に俊介は僅かに体を震わせる。

「アンタ、父さんをそそのかしたんでしょう！　兄さんに似て媚びを売るのだけは上手だったもんね！」

「違う！　俺はなにも知らない！」

「父さんを見殺しにしておきながら、自分だけのうのうと遺産を貰おうだなんてそんなの絶対に許さないから！　こんなの無効よ！」

半狂乱で叔母は俊介に掴みかかる。

「そうですね。これ、下書きなんで」

「は？」

ぽとりと床に落ちた遺言状を洲雲が拾い上げた。

「危なかったな俊介くん。これが本物だったら、あの二人に遺産全部持ってかれてたぞ」

「どういうことですか？」

「遺言状は家庭裁判所で検認してから開封しないと無効になるんです。さすがはおじいさん。お二人がなにも考えずに開けることを見越してダミーを入れておいたんですね」

「なによそれ……！」

狼狽える叔母を洲雲とつかさはあざ笑う。

「強欲は身を滅ぼすってヤツだよ」

ほら、と洲雲が叔母たちに遺言状を差し出した。

『次男と長女が勝手なことをしでかさないよう、本物は顧問弁護士に預けてある。お前たちの驚いた顔が目に浮かぶぞ、馬鹿息子ども』

「なっ――」

まるで監視していたかのような亡き父からの言葉に叔父たちの顔が真っ赤に染まる。

どうやら故人はお茶目な一面もあったようだ。その一文を読んで俊介がくすりと笑った。

「さて、話を戻しましょう。二〇、一六、一一、二九――この数字に聞き覚えはありますか？」

混沌とした空気の中、つかさが言葉を発した。

高藤一家を見やると、なにかを察したように凍りつく。

「……父さんが死んだ日だ」

俊介の呟きに叔父は悔しげに拳を握った。

「はっ、また兄さんか！　親父はいつも兄さん兄さん、兄さんのことばっかり！　出来のいい長男ばかり贔屓(ひいき)して、俺や妹のことは一切見ようともしなかった！」

「この子のことも兄さんと重ねてたんだわ。だから遺産を全部渡すような真似(まね)を！」

つかさは苛立ちを露わにする二人を憐みながら言葉を続けた。

「この部屋を片付けていてずっと違和感がありました。この部屋の荒らされよう。そして遺品に触れる度にチクチクと体を刺され続けるような微弱な不快感。それは一人だけのものではなかった」

「一体なんの話――」

そこで言葉を区切り、つかさは改めて高藤家の三人を見つめた。

「この部屋、本当は既に遺品整理が全て終わっていたんじゃないんですか？」

その一言に三人は息を呑んだ。

「綺麗に片付いた部屋をまずあなたたちが荒らした。違いますか？」

まず叔父たちを指さすと彼らは目をそらした。

「そうしてその後、俊介さん。あなたもこの部屋に入って遺品に触れましたね」

「――はい」

間を空けて俊介は頷いた。やはり、とつかさは納得して部屋を見る。

「私がずっと感じていたのは罪悪感です。おじいさんも含めたあなたたちはなんらかの罪悪感を抱いてこの部屋の遺品に触れていた。違いますか?」

するとつかさは傍に置いてあった段ボールから傷んだスーツを取り出した。それは亡くなった俊介の父親の遺品だ。

「おじいさんは俊介さんのお父さん、そして俊介さんに対して罪悪感を抱いていた。心の奥にずっと蓄えていたその想いが、生前整理をした際に全ての物に微弱に刻まれたんです」

「俺に対する罪悪感?」

「自分のせいで大切な息子が死んでしまった。そして自分のせいで可愛い孫から父親を奪ってしまった。おじいさんはあなたに恨まれていると思ったんじゃないでしょうか」

「そんなこと思ってない!」

「ええ。実際に俊介さんはおじいさんを恨んではいなかった。さっきもいったとおり、思い込みで人は他人の想いを補完してしまうんですよ」

つかさは俊介に歩み寄り、手に持っていたスーツを彼の胸に押し当てた。

「俊介さん。今あなたも、おじいさんと同じ罪悪感と後悔の念を抱いていますよね」

「……っ」

「どうしておじいさんが死んだのは自分のせいだと思うんですか？」

「それ……は」

つかさに凄まれ俊介は言葉を発せなかった。

「では聞き方を変えましょう。叔母様たちはどうして彼を人殺しだと呼ぶんですか？」

つかさに見据えられ、一瞬二人は目を泳がせた。

「親父が死んだのは俊介のせいだ！」

「そうよ！　父さんが足が悪いのを知ってたくせに、ふらふら遊び歩いて帰りが遅くなったから、父さんはお風呂で頭を打って死んじゃったのよ！　あんなに血を流して、苦しそうに！」

二人は責めるように俊介を指さした。

その言葉を受け、俊介は目を見開いた。

「どうして……じいちゃんが苦しんでたって叔母さんたちが知ってるの？」

俊介の声は震えていた。その目が驚きから、怒り、そして憎しみに変わっていく。

じわりと涙が滲み、彼は拳を思いっきり握りしめこう叫んだ。

「だって、俺が見つけたときじいちゃんはもう死んでたのに！」

部屋の空気が震えた。

叔父と叔母は息を呑み、バツが悪そうに視線を逸らす。

「俊介さん。おじいさんが亡くなった日になにがあったか、話していただけますか？」

もう一度、つかさがそう尋ねると俊介はこくりと頷いた。

「……俺。あの日はどうしても家に帰りたくなかったんだ」

声を震わせながら俊介は重い口を開いた。

「じいちゃんと一緒にいるのは楽しかった。足を悪くしてから時々ヘルパーさんが来てたけど、家事の殆どは俺がやってた。じいちゃんは『遊んできてもいいんだぞ』っていってくれたけど。でも……俺、居候だし。ちゃんとしないといけないと思って」

「自分で決めたことが重荷になっていたんだな」

涙声の俊介の背中を摩りながら、洲雲は話の続きをさりげなく促していく。

「あの日の放課後、友達に遊びに行こうって誘われて……俺、誘惑に負けて」

「遊びに行ったんだな。友達と一緒に」

洲雲の問いかけに俊介はこくりと頷く。

「久々に友達と遊んで楽しかった。でも……ふとした瞬間にじいちゃんのことが頭をよぎって、たまらなくて途中で帰ったんだ。そしたら――」

俊介は両手を握りしめる。

日が落ち、辺りが暗くなり始めた頃、俊介は家路についた。

玄関を開けると家の中は静まりかえっていた。

『じいちゃん？　遅くなってごめん、帰りにスーパー寄ってたら遅くなっちゃって』

誰も聞いていないのにそんな言い訳を零しながら俊介は祖父を捜した。

いつもは一階にいるはずの祖父がどこにもいない。テレビもついていなければ電気もついてない。そうして家の中を捜し回って、風呂場の電気が灯っているのを見た瞬間、悪寒が走った。

「――扉越しに名前呼んでも返事がなくて。中を確認してみたら」

ぎゅっと俊介は目を閉じた。

風呂場の扉の向こうには俊介にとって衝撃的な光景が広がっていた。

「じ、じいちゃん……風呂場で倒れてた。頭から血が流れてて……息、してなくて、冷たくなってたんだ。俺がいなかったから、一人で無理して風呂に入ろうとして……」

「そうだ！　お前がさっさと帰ってきてれば親父は死なずにすんだ！」

「俊介さんの話はまだ終わってない！」

つかさが声を張り上げると部屋は静寂に包まれた。その中で彼女は続きを促すように頷いた。

「あの日、救急車を呼んで、俺は病院から帰った後じいちゃんの書斎を見た。そしたら、綺麗に片付いていたはずの部屋が荒れていたんだ」

独りぼっちの家で、この書斎の惨状を見た彼はなにを思ったのだろう。

「泥棒だと思ったけど、他の場所は荒らされてなかった。じいちゃんが荒らすはずもない。だとしたら……叔父さんたちしかいない！」

「ち、違う。お前なにをいって……」

「叔父さんたちがじいちゃんの物盗もうとして、じいちゃんを殺したんじゃ――」

「違うっていってるでしょう!?」

「――なら、どうして罪悪感を抱いているんですか？」

興奮している者たちのなかでつかさの声だけがやけに冷静だった。

いや、冷静を装っているだけだ。その瞳は怒りに満ち、叔父たちを睨み付けている。

「お二人はおじいさんが亡くなった日、この家を訪ねてきた。しかしおじいさんはお風呂に入っていて、おまけにいつもいるはずの俊介さんもいない。それならこの家に沢山ある金品を盗むチャンスだと目が眩み、この部屋に入った」

「な、なにを……」

「部屋を物色していたらおじいさんに見つかってしまった。いい争いになったあなたたちは階段からおじいさんを突き飛ばし――」

「いい加減なことをいうな！　俺たちが気付いたときにはもう親父は風呂で倒れてたんだよっ！　頭から血を流して——」

「兄さん！」

叔母に諭された叔父がはっと口をつぐんだが時既に遅し。厳しい視線が二人に注がれる。

「お、お前っ……カマかけたな……」

「人聞きの悪い。私はあくまで憶測を話したまで。自白したのはそちらでしょう？」

さらにここからも憶測ですが、とつかさは再び口を開く。

「倒れていたおじいさんを見つけたあなたは気が動転した。慌てて書斎に戻り、ことの顛末を妹さんに告げ、書斎とおじいさんをそのまま放置して逃げ帰った」

「——待て、柊。この二人も罪悪感を抱えてるといってなかったか？」

思わず洲雲が口を挟む。

「お二人は、恐らく私たちが来る前にこの部屋に入ったんじゃないんですか？　もし自分たちが見つけたときにおじいさんが生きていたら、あそこで通報していたら死なずにすんだのでは——色々な妄想が頭を駆け巡り、罪悪感を抱くようになった」

「俺たちに急いで片付けろっていったのは……」

「自分たちの罪悪感を早く消し去りたかったのでしょう。自分たちがあのとき通報していれば、おじいさんは助かったのかもしれない。その罪悪感から目を背けるために、全ての罪を俊介さんに背負わせ、今もこうして責め立てている。自分は悪くないと正当化するために！」

つかさは俊介を庇（かば）うように前に立ち、ぎろりと叔父たちを睨み付けた。

「自分たちの罪の意識から逃れるために、拭えない後悔を抱いている俊介さんを責めないでください！　あなたたちの愚かな行動のせいで、彼は一生消えない傷を抱えて生きるんです！」

まるで自分のことのように、真っ白になるほどキツく拳を握りしめ、つかさは叫ぶ。

「どんな事情があろうとも、人の死の責任を誰かに押しつけていい理由にはならない！」

彼女はこれほどまでに感情的な声を出すのかと、洲雲は驚いた。

自分を責めて泣く俊介を守るつかさに、叔父たちは言葉を失い固まるだけだ。

「お、俺たちが悪いっていうのか……」

「誰を責めるつもりもありません。私はただ、遺品から伝わる想いを伝えるだけです」

するとつかさは金庫の中に今一度手を入れると、そこから一枚の写真を取りだし二人に差し出した。

「金庫の中身、お忘れですよ」

「これ――」

渡されたのは古い家族写真だった。父親と三人兄妹が写っている。

「おじいさんが抱いていた罪悪感は、あなたたちに対してもです」

「な……」

「とても不器用な人だったのでしょう。俊介さんのお父さんのときのような後悔はしたくない。どうにかして、あなたたちとの関係を修復したかったんじゃないでしょうか」

その写真からは懐かしさと後悔が感じられる。

大人の男性は恐らく若い頃の故人。彼に肩を抱かれて微笑む三人の子供たちは幸せそうに笑っていた。

「なんでこんな写真を金庫の中に」

「――賭けてたんじゃないか」

ぽつりと洲雲が呟いた。

「金庫に鍵がかかっていれば中に大切な物が入っているだろうと思って誰もが必死に開けようとする。だが実際には大金は入ってなくて、遺言状の下書きとその写真だけ。期待して金庫を開けたアンタらが拍子抜けして、少しでも笑ってくれればいい……なんて思ってたんじゃないか」

「待ってください」

いい話に着地しようとしたところで俊介がそれを制止した。

「結局、じいちゃんが死んだのは誰のせいなんですか!?」

「わかりません。私は警察でも、探偵でもないので」

平然と答えるつかさに俊介は目を丸くする。

「その場に居合わせたわけではないので、おじいさんの死因もそのときなにがあったのかも私はわからない。ただ、遺品に触れてわかったことをお伝えしたまでです。だから、私がもう一ついえることは――」

「――あのぉ」

このタイミングで申し訳なさそうに声がかけられた。

皆が驚いて振り向けば、扉の前に笹森が恐縮して立っていた。

「社長!?」

「何度かインターホン押したんだけど、誰も出ないし、鍵も開いているし……いい争う声が聞こえたので勝手に入らせて頂きました」

突然の登場に全員が面食らう。さらにその背後にスーツ姿の真面目そうな男がいた。

「私、高藤さんの顧問弁護士の工藤(くどう)と申します。先程、笹森くんと会ったのでご一緒しました」

「笹森くん……って」

洲雲が驚きながら笹森を見ると、彼は照れくさそうに頭を掻いた。

「そうそう。ここに着いたら丁度玄関先に工藤くんが立っててね。ここの担当だっていうからもう驚いちゃって！」

「知り合い……っすか？」

「うん。同級生」

二人は目配せしながらにこにこと笑う。なんて奇遇。なんて偶然。

「弁護士ってことは……」

「はい、高藤さんの遺言状をお持ちしました。検認手続きが済みましたので今この場で開けさせていただきますね。この様子だと、証人は一人でも多い方が良さそうだ」

張り詰めた空気と、涙を流している俊介を一瞥した工藤は鞄から取り出した遺言状の封を切った。

「遺言状。遺言者、高藤俊紀は以下のように遺言す――」

冷静に読み上げる声が響く。

「孫、高藤俊介に財産、預貯金の八割と、自宅の土地と建物の権利を相続させる。残りは全て次男俊之と長女紀子に半分ずつ相続させる」

「たった二割……」

叔父と叔母が愕然として膝から崩れ落ちた。

「以下は、俊紀さんからの個人的なお手紙になります。個別に渡したら息子達は破り捨てるので、私が代読するように頼まれております故――」

工藤は落胆する叔父たちを一瞥し、封筒からもう一枚便せんを取り出した。

「——きっと、この遺言を聞いたら俊之と紀子は愕然として崩れ落ちるだろうな」

まるでこの場で見ているかのような言葉に、叔父たちははっと顔をあげた。

「——当たり前だ。私の面倒を見てくれたのは孫の俊介だ。私の可愛い孫をいびり続けた挙げ句、たまに来て金だけをせびるお前たちには一銭もくれてやりたくはない。だが、お前たちだって私の可愛い子供たちだ。雀の涙くらいは恵んでやろう。有り難く思うように。それに、私の遺産なぞに頼らなくてもお前たちは立派に働いている。生きていくぶんには困らないだろう」

そして工藤は俊介を見やる。

「——俊介。お前を一人遺すことがじいちゃんの心残りだ。お前はまだまだ子供だ。お前はいつも肩身が狭そうにしていたけれど、居候なんかじゃない。じいちゃんの可愛い自慢の孫だ。このお金でちゃんと大学に行って、きちんと勉強しなさい。それが、じいちゃんの最後の願いです」

「……じいちゃん」

「——お前から父さんを奪ってしまって本当に申し訳ない。寂しい思いを、辛い思いをさせただろう。でも、お前は自由だ。好きなことをして、自由に生きなさい。幸せになりなさい。お前はどう思っていたかわからないけれど……じいちゃんは、俊介と一緒に暮らせて幸せだったよ」

そして最後に、工藤は三人を見ながらこう続けた。

「――私は不器用だった。だが、誰かを贔屓したことはない。どれだけ生意気だろうと、どれだけ素直だろうと関係ない。恥ずかしくて口には出せなかったが、俊彰、俊之、紀子、俊介……お前たちのことを愛してる。皆、平等に愛していたよ」

それが最後の言葉だった。

「俺も……じいちゃんと一緒にいられて、幸せだったよ……」

「遅いんだよ……馬鹿親父」

「今更愛してるなんて……」

俊介がぽろぽろと涙を流しながら笑っていた。座っている叔父たちは俯いているため表情は見えないが、僅かにすすり泣く声が聞こえてきた。

「遺言状は以上です。後のことは、警察が来てからゆっくりお話ししましょう」

「……え？」

工藤のその一言で空気が一変した。

「いやあ、子供が殴られたって聞いたから児童虐待とかだったら一大事だし。それになんだか殺すとか殺されたとか、物騒な言葉が聞こえちゃったからさあ……工藤くんと相談して、一応、通報しておいたんだよね」

「社長。ナイスです」

自信なさげな社長の判断に洲雲は親指を立てた。

つかさの推理が真実なのかはわからないが、二人の役目はあくまで遺品整理。これ以上のことは本職に任せるのが一番だろう。

この家でなにがあったのか真相は定かではないが、あれだけ騒がしかった叔父と叔母が静かに項垂れているのを見る限り――警察を呼んだことは間違いではなかったのかもしれない。

＊

「色々お騒がせして本当にすみませんでした」

全てが片付いた頃には日が傾きはじめていた。

叔父たちは警察に事情聴取されることとなり、書斎も現場保持のためつかさたちが整理した遺品たちは処分することなくそのままになってしまった。

「落ち着いたら連絡ください。必要だったらまた遺品整理のお手伝いにきますから」

「ありがとうございます。でも大丈夫です。自分で少しずつ片付けてみます」

笹森の言葉に微笑みながら、俊介は振り返り自宅を見上げる。

「俺、じいちゃんのことも父のことも知らないことが沢山あるんです。だから、二人の思い出を辿りながら……色んなことをゆっくり整理していきたいんです」

「素敵な心がけですね」

前向きな俊介の言葉につかさは微笑を浮かべた。

「あの日、なにがあったかわからないけど。俺がいつも通り家に帰ってきてたら、じいちゃんは死んでなかったかもしれません」

「これから色んなことが明らかになってくる。なにが真実で、なにが嘘かなんて誰にもわからない。どんな真相が待っていても、どんなに時間が経とうとも、きっと俊介さんの後悔は消えることはないでしょう」

それは俊介を責めるような言葉にも聞こえた。

堪えきれず、また大粒の涙を流す俊介を見て洲雲が止めに入ろうとするが、それよりも先につかさは彼の肩に両手を置いた。

「あのときこうしていれば、もっとああしていたら。そんな『たられば』の自問自答を繰り返しながら私たちは生きていくんです。でもね、俊介さん、ひとつだけ確かなことがあるんですよ」

「確かなこと？」

「おじいさんが死んだのはあなたのせいじゃない。そしておじいさんは俊介さんを決して恨んではいない」

慰めのようなその言葉に俊介はかっと目を見開く。

「気休めはやめてください！　そんなこと、わからないじゃないですか！　遺言状にそう書いてあったとしても、それは死ぬずっと前の言葉だ！　じいちゃんは風呂場で……俺のこと、恨みながら死んだのかもしれない」

つかさは俊介の手を取るとなにかをぎゅっと握らせた。

「おじいさんはあなたを心の底から愛していた。それだけは揺るぎない事実です」

俊介がゆっくりと手を開くと、そこには小さな匂い袋があった。

「金庫にもう一つ入っていたんです。それもおじいさんが大切にしていた物ですよね」

「これ。俺が小学校の修学旅行でじいちゃんに買ったお土産です。大した物じゃないのに、嘘みたいに喜んで」

藍色のちりめんで作られた匂い袋。色は褪（あ）せ、既に匂いなんてしなくなっていた。

昔はいつも持っていたような気がしたが、いつの間にか見なくなっていた。とっくに捨てられたものと思っていた。

「それからは愛情が伝わってきました。おじいさんはあなたのことを本当に愛していた。おじいさんの遺品からは確かに罪悪感が強く伝わってきました。でも……恨みの感情はなかった。叔父さんたちにも、そして俊介さんにも」

「……っ」

それを握りしめて俊介は涙を流す。

「俺……じいちゃんになにも返せてないのに。高校卒業して、沢山恩返ししたかったのに……」

「僕らみたいなおじいちゃんはね、孫って目に入れても痛くないんだ。それくらい可愛いんだよ。だから、子供や孫が元気に幸せに長生きしてくれることが……おじいさんにとって一番幸せなんじゃないかな」

事情も知らない僕がいうのもなんだけど、と笹森は頬をかきながらはにかむ。

「遺言を書きながら高藤さんは笑っていましたよ。念のためにこうして書いておくけれど、俺は孫が成人して一緒に酒を飲むまで死ねないって。あの厳格そうな高藤さんが、顔を緩ませて……あんな表情はじめて見ましたよ」

工藤が先ほど開けた遺言状を俊介に託した。

「一人で生きていくのは大変だぞ。強くなれ、俊介くん」

「……はい！」

洲雲の言葉に俊介は潤む目を袖で拭い、力強く顔をあげたのだった。

＊

「まさかお前があんなに感情的になるとは思わなかった」

会社に到着してエンジンを切るなり、洲雲は思い出したように呟いた。

「誰かが死んだことをずっと自分のせいだと思って生きるのは辛いじゃないですか」

「そういう経験あるのか？」

「……そうですね。誰にでもそういう後悔の一つや二つあるでしょう。洲雲さんだって、わりと感情的じゃなかったですか」

ちらりとつかさが隣に目をやると、洲雲は誤魔化すように頭をかいた。

「今日は暑かったし、色々あったからなあ……ビアガーデンでも行くか」

「……いいですね」

思わぬ返答に洲雲は、マジで？　と呟いた。

「確かに今日は暑かったです。キンキンに冷えたビールを一気に飲みたいです」

「きっと紗栄子さん驚くぞ」

「そんなに私と飲みに行きたいんですか。そこまで私と関わる必要あります？」

「行きたいさ。人手不足のこの業界。おまけにウチはちっちゃな会社だ。新しく入ってきたヤツと仲良くなりたいと思うのは当然だろ。まあ……無理強いはしないけどな」

そういう時代だし、と洲雲は車を降りる。先に歩き始めた洲雲のポケットからぽとりとなにかが落ちたが彼は気づいていないようだ。

「洲雲さん、なにか落ちました――」

それを拾った瞬間、酷い目眩に襲われた。

「――っ」

頭が割れそうなほど痛い。閃光のように目がチカチカして痛んだ。

『――許さない』

暗転する世界の中、恨みが篭もったようなその言葉がはっきりと聞こえてきた。

これは多分、女性の声。しかしその正体を探る前に、すうっと頭痛が消えた。

「……洲雲さん」

ポケットから落ちた物が取り上げられていた。目の前には洲雲が立っている。

「――見たのか」

洲雲は目を泳がせながらつかさを見下ろしていた。

その表情は怒りと動揺と悲しみでぐちゃぐちゃになっている。

「洲雲さん、今のは――」

「なにが見えたか知らねえが、忘れろ」

冷たく吐き捨てて洲雲はさっと背中を向け、さっさと会社に入ってしまった。

「おかえり、お疲れ様～！　今日とんだお客さんに捕まったんだって？　鬱憤晴らしにでもビアガーデン行こうよ！」

紗栄子が出迎えてくれる。つかさと洲雲はなんともいえない表情をしている。

「いや……つかさちゃんは行かないよね。うんうん、でも洲雲くんは――」

「俺はいいっす。失礼します」

「え!?　え……ちょっと、洲雲くん!?」

紗栄子が止める間もなく洲雲は荷物をまとめてさっさと帰ってしまった。

「えー珍しい。いつもはノリノリで来るのに。つかさちゃん、代わりに行く？」

「……いえ。私も今日はこれで」

つかさも首を横に振った。

「……社長、二人で行きます？」

「いや……僕、工藤くんと二人で飲みに行く約束しちゃって……」

「あー、もうつまんない！　こうなったら一人で飲みに行ってやる〜！」

そんな紗栄子の絶叫を聞きながら、つかさは洲雲のポケットから落ちた物に触れたときに聞こえた声を思い出していた。

『――許さない』

第四話　呪われた家

『――あ、柊さん。お休み中ごめんね！』

休日の昼下がり。つかさの下に笹森から電話がきた。

「なにかありましたか？」

『週明け、小樽で現場が入ったんだ。多分出張になると思うから泊まりの準備をお願いしたくて。僕と洲雲くんと三人で行くことになると思います』

「わかりました」

電話を切り、つかさは買い物袋の中から北海道の有名菓子店『六花亭』の包みを取り出すと仏間へ向かう。

一人暮らしには大きすぎる一軒家。置かれているのは最低限の家具だけだ。その殺風景さがさらにこの家をだだっ広く見せていた。

「……ということだから、明日小樽に行ってくるよ。おばあちゃん」

仏壇にどら焼きや羊羹を並べ、手をあわせる。

つかさの視線の先には、優しく微笑む祖母の遺影があった。

「許さない、か」

笹森から洲雲の名前が出たとき、先日のことを思い出した。

洲雲が落としたジッポーライターに触れた瞬間、はっきり聞こえた声。ほんの一瞬だったので感情までは拾うことができなかったが、悲しいような、恨みがましいような、一度聞いたら耳から離れないものだった。

それにあのときの洲雲の表情が目に焼き付いている。つかさが何か見たことを怒っていたのだろう。でも、それより悲しみのほうが大きかったような気がする。

それを追及しようにも、休みに入ってしまったため洲雲とは顔を合わせていなかった。気がかりではあるが、休日に電話をするほどの仲でもなければ、そう簡単に踏み込める問題でもないと思った。

「おばあちゃんも、私を許せないと思ってた？」

遺影を前にそう尋ねてみたけれど、答えは返ってこなかった。

＊

「――あのう」

車内に笹森のか細い声が響く。

休み明け。空は雲一つない晴天。北海道の短い夏の本番だ。

「海、見えてきたよ。良い天気でよかったねぇ」

意を決して笹森が話すが、返答はない。

助手席に洲雲が座り、後部座席にはつかさが座っているというのにだ。二人はそれぞれ窓に視線を向け、遠くを見つめている。

「ふ、二人とも機嫌悪くない？　出張嫌だった？」

「まさか、全然普通っすよ」

「ええ。現場が楽しみです」

ぴったり重なる声。そしてまた沈黙。

特になにがあったというわけではないが、つかさと洲雲は今朝から一度も口をきいていなかった。

「……静かすぎない？　その、さすがに息がつまるというか」

「ああ……ラジオ入ってなかったっすね」

思い出したように洲雲が車内のラジオをつけた。

やけに賑（にぎ）やかなＭＣの声が、車内の空気をより一層重くしていく。

それでも笹森はまだ諦めてはいなかった。社員のモチベーションを上げるのも社長の仕事だと、勇気を振り絞りハンドルを握りしめる。

「そ、そうだ！　今日泊まる旅館、少し奮発したんだよ！　温泉があって、ご飯も美味しいって評判の……」

「そうなんですか」

素っ気ない。まあ、素っ気ない。つかさが塩対応なのは通常運転だ。だが、いつもなら、ここで洲雲が「もうちょっと気が利いたこといえないのかよ」と突っ込んでくるはずだ。

「……洲雲くん？」

笹森はそんな期待を込めて洲雲をちらと見る。確実に目はあっていた。

「…………ああ。楽しみっすね」

だが、彼はそのまますーっと視線を逸らした。

ジッポーライターを弄りながら窓の外に視線が戻っていく。そこで笹森の心は折れた。

「はは……今日も元気に仕事頑張ろうね」

笹森はもうどうしようもなくて、そういって笑うしかなかった。

賑やかし要員の紗栄子は会社で留守番だ。笹森は今ほど紗栄子に傍にいてほしいと思ったことはなかっただろう。

＊

運河が流れる歴史情緒溢れる湾岸都市、小樽。

札幌から車で一時間ほどの有名な観光地だ。その中心部は観光客や修学旅行生たちで溢れかえっていた。

「――長旅お疲れ様でした。着いたよ」

車が停まったのは、中心街から少し離れた住宅地の外れ。

海が見える坂の途中の一軒家。荒れ放題の庭。ヒビ割れた窓ガラス。外壁の劣化具合から見て空き家なのは明らかだ。

「空き家ですか？」

「うん。買い手が見つかったから片付けてほしいんだって」

築五十年以上は確実に経っていそうだ。

笹森から鍵を受け取った洲雲が開けようとするも、建て付けが悪くびくともしない。

「……っ、開かねぇ。社長、手、貸してもらっていいっすか」

「いくよ……せーのっ！」

ぎぎぎぎぎ、と男二人がかりで半ば強引に引き戸を開けた。そのすき間から埃と湿気が交じったなんともいいがたい臭いが漂ってくる。

「はぁ……こりゃあ泊まりになりますね……」

家の中を覗き込んで洲雲は出張になった理由を察した。

「中の家具もそのままみたいだから、三人がかりでも骨が折れると思うよ」

「このクソ暑い中でマスクっすか……地獄だなあ」

マスクをつけて、一先ず家の中を見て回る。

こじんまりとした二階建て。間取りは３ＬＤＫ。しかしその状態は凄まじかった。

部屋の至る所に乱雑に積み重なった段ボール。椅子やらベッドマットやらがあちこちに散乱している。おまけに誰かが勝手に侵入したのか、煙草の吸い殻や空き缶が転がり、壁にはスプレーで悪戯(いたずら)書きもされている。まさしく荒れ放題の空き家だった。

「でも、なぜ態々ウチの会社に依頼が？」

「……確かに。札幌から小樽までなら出張費もかかるし、この遺品の量なら地元の業者に頼んだ方が安くあがるんじゃないっすか？」

つかさと洲雲がじっと笹森を見れば、彼はどうしたものかと目を泳がせていた。

「いや……それが、地元の業者にはみんな断られたらしいんだよ」

「断られた？　なんでまた」

「これだけ古くて物が多いと嫌になるってことですか？」

「いやあ……それだけなら、多分みんなやってると思うよ。一応プロだしね。それに、一応過去にも業者が入ってる。入ってこの有様なんだ」

相変わらず煮え切らない笹森の返答に、二人は首を傾げる。

「ならなんで……」

「その……中止されてるんだって。何回も。仕事の途中で」

その言葉に二人は嫌な予感がした。

「作業員が何人も怪我してるんだって。それに、変なモノを見たとか……」

「変なモノって……」

「おばけだよ。ここ、呪われた家って地元では有名だったらしい」

「はは……なにいいだすんすか突然」

青ざめる笹森に、洲雲は乾いた笑いを零す。

「社長、幽霊なんて信じてるんですか。ただの空き家ですよ。幽霊がいるなら、今までもっと酷い現場だって——」

洲雲が話していると、突然後ろからばたんとけたたましい音が鳴る。

「わっ⁉」

男二人が驚き後ろを振り向けば、顔を真っ青にしたつかさが扉に背を打ち付けていた。

「お前、もしかして……」

「柊さん、こういうの駄目だった？」

「……………………そ、んなことありません」

長い間の後に返ってきた声は上擦っていた。目が泳ぎまくり、明らかに手が震えている。

「色々見えるのに霊が怖いのか」

「思念は霊じゃありません。それに私は幽霊は見えませんから」

洲雲の視線から逃げるようにつかさは顔を背ける。彼女がここまで狼狽えているのははじめて見た。

「たまたまなんじゃないんですか。その、作業員が怪我をしたというのは」

「真偽のほどは定かじゃないけどね。無理心中したとか、自殺があったとか……まあ、その良くない噂をわんさか聞かされたよ。くれぐれも気をつけろって注意もね。あと二階に開かずの間があるらしいよ」

「そもそもなんでそんな仕事取ったんですか」

洲雲の一言に笹森がすかさず反応した。泣きそうな顔で彼の肩を思い切り掴む。

「僕もさっき知ったんだよっ！」

「はあっ!?」

「騙されてたんだよっ！　そのこと話したらみんなやりたがらないからって。もう酷くない!?　通常の三倍料金出すとかいうから、僕もつい張り切っちゃって！」

「それ社長が悪いだろ！　ウマい話には裏があるって知らないんすか!?」

「だって知らなかったんだもん！」

「可愛い子ぶるなっ、気色悪い！　なら、帰ればいいでしょう！」

「引き受けちゃったもの、帰るわけにはいかないよ！」

ぎゃんぎゃん洲雲と笹森が大騒ぎする一方で、つかさは青白い顔をしながら作業道具を車から家の中に黙々と運び込んでいく。

「……とにかくっ！」

つかさがぱちんと手を叩けば、男たち二人はぴたりと動きを止めた。

「とにかく、この家を綺麗にすればいいのでしょう。無理心中だか、自殺だか、呪いの家だか知りませんけど。お二人だって、これ以上の凄惨な現場を乗り越えたことはあるはずですよね」

「……まあ」

「それは、そうだね……」

顔を見合わせて頷く二人に、つかさは拳を握る。

「この家には血痕もない！　かつて肉体だったモノもない！　なにもぶら下がっていないし、体液もない！　虫だって湧いてない！　それにっ！　この世で一番恐ろしいのは死んだ人間より、生きている人間です！」

珍しくつかさが必死に声を張り上げている。

「そう。ホラー映画じゃないんですから、霊魂が生きている人間に怪我させるなんて無理なんですよ。怪我した人は怯えて、自分から転んだだけ……そう。きっとそう」

語尾が徐々に小さくなっていく。

笹森たちに向けてというよりは、自分にいい聞かせて奮い立たせているというほうが近い。

「さっさと終わらせて、帰りましょう」

「あー……えっと、柊さん」

締めの一言をいったつかさに、申し訳なさそうに笹森が声をかける。

「軍手、両方右手になってるよ」

「なっ——」

つかさの両手には二つとも右手の軍手がはめられている。

顔を真っ赤にして軍手を脱ぐつかさ。それほどまでに彼女は怖がっているらしい。

「ったく……それこそラジオでも流しながらやりましょう。静かだと怖いから」

「よ、よし。みんな怪我なく、明るく、元気に頑張ろう！」

スマホを取り出しラジオをかける洲雲、そして空元気の笹森。この二人も内心びくびくしていた。

三人で声をかけあいながらいよいよ作業がはじまった。先程までの車内での重苦しい空気なんて三人とも忘れていたのである。

＊

「案外あっさり進むね」

「そっすね」

散々脅され、おっかなびっくり作業を始めてから二時間。

目の前に積み上がった廃品を見つめ、男二人はほっとしていた。

「段ボール沢山あるから驚いたけど、中は殆ど空だし」

「家具も木製の大物しかないから、壊すのが楽っすね」

空き家の中は埃が舞い、荒れ放題ではあったが、物が散乱しているだけなのでかき集めればどうということはない。そんなこんなで一階の部屋はほぼ綺麗に片付いた。

拍子抜けした、というのが正直な感想だ。

「このペースなら今日中に終わるかもしれませんね」

「そうなったら思う存分旅館でのんびりできるね。温泉入ってビール飲んで」

「あー……それ最高っすね」

なんて話に花を咲かせる男たちの間を通り、つかさは廃品が詰まった段ボールを目の前にどさっと置いた。

「サボってないで手を動かしてください。まだ二階があるんですから」

じろりと睨みをきかす彼女の言葉にはいつもより棘があるような気がした。

笹森が申し訳なさそうに反省していると、丁度電話が鳴った。

「はい、メメント――。ああ、はい。一先ず、今ある分の搬出をお願いします」

一分足らずで電話を切り、笹森は処分品が入った段ボールを持ち上げた。

「今から搬出の軽トラ来るみたいだから、片付けた分を持っていってもらおう。僕、ちょっと外に出てくるからよろしくね」

「あ、はい。いってらっしゃい」

笹森を見送れば、つかさと洲雲の二人きりになってしまった。

つかさは無言で物がなくなった床をほうきではいている。会話はなく、ラジオの音だけが静かな部屋に鳴り響いていた。

「なにか見つけたのか」

「どうしてそう思うんです？」

「いや……なんかイラついてるように見えたから」

その言葉につかさの手が止まり、じろりと洲雲を睨みあげた。

「イラつく……まあ、確かにそうかもしれませんね」

「なにか見えたのか」

「色々ですよ。でも、あまりにも古すぎてどれも断片的にしか見えませんが」

あくまでもつかさは遺品を丁寧に扱っているが、その手つきは明らかにいつもより乱暴に見える。

「ここにある物は全て処分だ。今日は遺族もいない。覗き見る必要もないし、なにか見えたとしても取っておく必要もない」

「だとしても。目の前に見えそうで見えないぼんやりした物があったら、なにか気になって目を凝らしますよね」

「……まあ」

「それと同じですよ」

これもだめだ、とつかさは落ちていた古いぬいぐるみを袋に入れると、ため息をついた。

「それに、この家の中にその……呪いの引き金となる物があるかもしれません」

「そういうの信じてないんじゃなかったのか」

「わからないですよ。悲しい気持ちが宿った物があれば、それが別の悪いものを引き寄せたり——ってよくいうじゃないですか。ほら……怨念、とか」

いっている傍から語尾が小さくなっていく。

「無理するくらいなら最初から話すなよ」

「なんとなく冷たさは感じるんです。寂しいような、悲しいような……そんななんともいえない微妙な気持ち。それが呪いかどうかはわかりませんが」

　そう吐き捨ててつかさは洲雲の横を通り過ぎていく。

「おい、どこに行く」

「二階の部屋行ってきます」

「それなら俺も――」

「洲雲さんは、社長のお手伝いをしてください。力仕事でしょうから」

　洲雲の言葉を遮ったつかさの語気はやはりどことなく荒かった。

「二階もこの程度だとしたら、私一人で十分なので」

「……ああ」

　すっと目を逸らし、つかさは部屋を出ていった。

　洲雲は後を追えず、その場に立ち尽くす。

（壁、作られてたな）

　最初に会った頃と同じような壁を感じた。

　この数ヶ月でお互い少しずつだが打ち解けてきた、と思っていた。

　それがここに来て何故――いや、心当たりはあった。

（あいつは悪くない。その原因を作ったのは俺だ――）

　一人取り残された洲雲はポケットからジッポーライターを取り出した。

かちっと火をつけ、煙草を取り出すわけでもなく、それをじっと見つめる。

あのとき。つかさがこのライターに触れたとき、なにかを見たはずだ。

ここではないどこか遠くを見つめ、そして驚いた顔をしているのが見えたから。それを途中で止め、素っ気ない態度をとったのは他でもない洲雲自身だった。

つかさはなにも悪くない。ただ、自分が逃げたかっただけだ。

「俺はなにやってんだか……ああ、くそっ」

洲雲は苛立たしげに頭を掻きむしると、ライターをポケットにしまい廃品を外に運び出し始めたのだった。

＊

「…………うっわ」

珍しくつかさが狼狽えた。

二階に上がると、左右に二つの部屋があった。片方はもぬけの殻で綺麗なものだ。

ああ、これならもう仕事が終わるかも――と気が緩んだ瞬間、つかさは一気に地獄に突き落とされた。

(これなら怪我人が出ても不思議じゃない)

目の前に広がるのは四方の壁を覆うように積み上がった大量の段ボール。床にはガラス片が散乱している。

(ここが開かずの間っていわれてた部屋……?)

なにも考えず閉めきられた扉を引いたら、鍵が緩んでいたのかいとも簡単に開いてしまった。まあ、確かにこの有様なら「開かずの間」と呼ばれるに相応しい不気味さがある。

(さすがに一人じゃ無理だな)

つかさは積み重なった段ボールを呆然と見上げる。

自分の身長では背伸びをしてギリギリ一番上の段ボールに届くレベルだ。背の高い笹森か洲雲を頼るしかないだろう。

(いや。これくらいなら今まで一人でやってきた)

変な意地がつかさの中で芽生えてしまった。

前の会社ではどんな現場でもほぼ一人でこなしてきた。ここ最近は洲雲と二人で仕事をしてきたから、感覚が鈍ってしまったのだろう。

(洲雲さんは私が残留思念が見えることを知っている。見られたくないことだってあるだろう)

それなのに、つい苛立って冷たく当たってしまった。あんな態度を取ったのに今さら手伝ってほしいだなんていえるはずもない。

「……やるか」

このタイミングで脚立を取りにいけば、変に勘ぐられる可能性だってある。搬出が終わればそのうち二人は二階に来るはずだ。

つかさは畳んだ段ボールで散らばったガラス片を隅に寄せると、一番上の箱を下ろそうと手を伸ばした。

(もう少し——)

指先が触れれば箱が動くので上の箱は重くはなさそうだ。つま先立ちになりながら徐々に箱を動かしていく。

「もう、ちょっと……」

せり出してきた箱を軽く下から叩き、落とすようにして箱を受け止める。

「よし」

この調子で、と顔をあげたつかさに影が落ちた。

「やば……」

絶妙なバランスで積まれていた段ボールが傾いている。

一つだけではない。壁一面の段ボールが今にも崩れそうに揺れていた。

「——まずい」

咄嗟につかさはその段ボールの壁を受け止めようと手をついた。だが、受け止められるはずもない。

そのまま箱はつかさを押し倒すようにどさどさと崩れていった。

目の前が真っ暗になって、ガラスが割れるような音が遠くに聞こえた。

（――っ）

目を開けても辺りは暗い。どうやら荷物の下敷きになったらしい。

上の箱は軽かったが、下の箱には重い物が入っていたらしく、丁度足が挟まり身動きが取れない。

「……誰か」

マスク、そして段ボールで声は吸収されるだけ。

箱をどかそうにも、倒れた状態では力が出ずどうすることもできない。

「……こんなときに」

更に、体が大量の物に触れているせいか様々な残留思念が一気に襲いかかってきた。

冷たさ、悲しさ、寂しさ。相変わらずその全てはぼんやりと靄（もや）がかかっている。無意識にそれにフォーカスを当てようとすれば、意識が遠のいていく感覚がわかった。

（見ないほうがいい。でも――）

意志とは反対に、つかさの意識は残留思念へ引き寄せられていく。

『――いつか誰かに見つけてもらえるように』

そんな声が聞こえた気がした。

「…………あぁ」

つかさはもどかしすぎる感情をただ受け止め続けた。

体が動かない。息苦しくて、声も届かず、誰にも気付いてもらえない。まるでこの空き家で眠り続けた物たちのようだ。

恐怖か、苦しさか、はたまた押し寄せてくる感情からか、つかさの目から涙が溢れだす。

(――あのときもこんな感じだったのかな)

ふと、記憶が蘇った。忘れもしない過去の話だ。

耳に残る轟音。一面の真っ白な雪。しんしんと降り続く雪の中、大切な人を捜して冷たい雪を懸命に掻き分けた。

(苦しい)

もがこうとしたが手が動かない。叫んだ声は障害物に呑み込まれていく。

出られない。そう思えば思うほど、混乱で鼓動は激しく高鳴り呼吸は苦しくなっていく。

(……おばあちゃんも、こうして死んでいったんだろうか)

いなくなってしまった大切な人の姿を思い浮かべながら、つかさは目を閉じた。

「――おい！」

そのとき光が差し込んだ。

箱を掻き分ける音がして、重かった体が少しずつ軽くなってきた。

「おい、大丈夫か！　しっかりしろっ！」

「……洲雲、さん」

目を開けると、洲雲が大慌てで崩れた箱を取り除いていた。

「なんでこうなるまえに俺たちを呼ばねえんだ、この馬鹿！」

洲雲は血相を変え、段ボールの山からつかさの体を引きずり出した。

救出された瞬間、残留思念が一気に離れていった。この場を支配していたものが突然消え去り、意識が遠くなる。

「――っ」

焦点が定まらない。瞳が左右に揺れ、目から涙が溢れ、鼻血が流れ出す。

「おい、おい！　しっかりしろ！　意識ははっきりしてるか!?」

ぺしぺしと頬を叩かれ、なんとか現実に意識を引き留める。

「……そんなに叫ばなくても、聞こえてますよ」

「待ってろ、今救急車呼ぶから」

スマホを取り出した洲雲の腕をつかさは慌てて掴んで止めた。

「大丈夫です。意識はありますから、放っておけばすぐ治ります」

「そっちじゃねえよ！　お前、腕っ！」

「あ、ああ……」

動揺する洲雲の視線を追った。作業着が破れ、左腕が血で真っ赤に染まっていた。

残留思念に引っ張られていたお陰で痛みはなにも感じなかったのだ。

「ガラス片で切ったみたいですね。でも、大丈夫です。救急車を呼んだらまた変な騒ぎになるので」

「そんなこと気にしてる場合か。さっさと病院行くぞ。頭打ってないなら動かすからな」

洲雲はつかさを抱き上げると、急いで車に向かった。

つかさを助手席に乗せると、彼は運転席に座る。

「洲雲さん、運転できたんですか」

「免許は持ってる」

洲雲は数度深呼吸すると、意を決したようにエンジンをかけた。

「……あの？」

だが、幾ら待てども車が発進する気配はない。

「洲雲さん？」

洲雲の返事はない。真っ青な顔をしながら、ハンドルを強く握り締めている。

「……っ、くそ。なんでこんなときも、ちくしょう……」

流れる脂汗、震える手。明らかに様子がおかしい。

なにが起きているかわからなかった。しかし、ひとまず洲雲を運転席から離さなければ。これ以上そこにいたら彼が壊れてしまう気がした。

「洲雲さん。私、一人で病院に行ってくるので大丈夫ですよ」

そっと伸ばした手は次の瞬間払われた。

「――あ」

乾いた音が車内に響く。顔をあげた洲雲の瞳が動揺で揺れる。

二人の声が重なる。また別の意味で、洲雲の顔から血の気が引いた。

「洲雲くん、柊さん。大丈夫？　なにがあったの？」

窓を叩く音で現実に引き戻される。

車の外には笹森が立っていた。彼はつかさの腕を見てすぐに何かを察したようだ。

「すみません。私が誤って怪我をしてしまったので、洲雲さんが病院に行こうと……」

「そっか、わかった」

笹森は冷静だった。ハンドルを握り締めたまま俯いている洲雲の肩に触れた。

「洲雲くん。僕が運転するよ」

諭すように、その肩を優しく叩く。

「大丈夫？　車から降りられるかい？」

「……………すみません」

いつもの洲雲の声。そうしてようやくハンドルからその手が離れた。

彼と入れ替わるように笹森が運転席に座る。

「みんなで病院へ行こう。どのみち、あの分じゃ今日中に終わらせるのは無理だろうからねえ。まあ、のんびりやってこう」

いつもと変わらない笹森が張り詰めた空気を緩めてくれる。

けれど病院へ移動する間、一言も話さなかった。

「――お大事になさってください」

「ありがとうございました」

幸い、つかさの腕はガラス片で切れたのみで他に大きな怪我はなかった。

無事診察を終え、待合室に戻ると二人が待っていてくれた。

「すみません。お騒がせしました。仕事にも支障はなさそうです」

「あ～……よかったあ。もう心臓止まるかと思ったよぉ……」

大げさに胸を撫で下ろす笹森。その隣で洲雲は俯いたまま座っていた。

「洲雲さんも、ご心配かけてすみませんでした」

「……いや。俺のほうこそ、悪かった」

「いえ、洲雲さんのせいでは……」

僅かに顔をあげた洲雲の顔がやるせなさそうに歪んでいて、つかさの心が痛んだ。

「さ、今日はもう旅館に行こうか。ゆっくり休んで仕切り直そう。美味しいお酒とご飯と温泉が僕らを待ってるよ〜」

俯く部下たちの背中を叩きながら、笹森は努めて明るく振る舞う。

わざとらしくもあるその笑顔が今の二人にとっては救いだった。

＊

「──しまった」

薄暗い部屋でつかさは唖然として飛び起きた。

宿に入り、畳に横たわったらそのまま寝てしまったのだ。気付けば時刻は十九時を回っていた。そういえば、夕食は十八時からだと笹森にいわれていたような。

「まずい」

「……よぉ、生きてたか」

慌てて部屋を飛び出せば、丁度部屋の前にいた洲雲と鉢合わせた。

「すみません。気付いたら眠ってしまって……」

「だと思った。色々あって疲れたんだろ。飯、取っといて貰ってるから、食べるならフロントに電話しろ。俺は風呂行ってくるから……」

それだけ伝えると洲雲は素っ気なく立ち去っていく。

夕食を食べ損ねてしまったが、不思議と腹は減っていない。

「お風呂、入りにいこう」

一日現場仕事をして汗だくだ。早く汗を流したくてたまらなかった。

大浴場に急ぎ、体の汚れを落とす。それだけで疲れがとれる気がした。

「はぁ……」

露天風呂に浸かれば、左腕の大きな絆創膏が見えた。

入浴できるくらいの傷で良かったと、背もたれに頭を付ける。

夜空に上っていく煙を見上げながら、つかさはぼんやりと考えた。

「……なにがあったんだろう、あの家」

二階の一室に積み上げられていた大量の荷物。綺麗に整頓されていたのを見る限り、ゴミなどではないはずだ。

(残留思念を感じたのはひとつじゃなかった)

一階の片付けをしていたときからずっと感じていた。そして、あの段ボールの山に埋もれたとき、それは顕著に見えた。

(寂しさ、冷たさ、悲しさが最初にぼんやりと見えて、その奥に……微かに別の感情が見

える）

空に向かって手を伸ばす。遠くの星が掴めないように、あそこで見た残留思念を正確に読み取ることはできなかった。

それでも一つだけはっきりわかったことがある。

（あの家は呪われているようには思えない）

あのとき、つかさにのしかかってきた感情は決して恨みや怨念が篭もったものではなかった。

（もし、何かの想いがあの場所に留まっているのなら、わかりたい）

一日びくびく仕事をしていたが、もう怖くはなかった。

「……よし」

気合いを込めるように両頬をぱちんと叩くと、つかさは勢いよく立ち上がる。

（――少し逆上せた）

一瞬目眩がして、長風呂しすぎたことを少し後悔するのであった。

＊

「――あ、柊さん」

「社長……」

大浴場を出ると、自動販売機の前に丁度風呂上がりの笹森がいた。

「夕食のときはすみませんでした、私全然気付かなくて……」

「いいんだよ。何回かノックしたんだけど、洲雲くんが『アイツも大変だったんで、寝かしといてやりましょう』っていってたから」

「……そう、だったんですか」

「うん。洲雲くんなりの気遣いだったと思うよ。ほら、彼不器用だから」

洲雲の名前に僅かに反応してしまう。つかさが視線を逸らすと、笹森も何かを察したように頷いた。

「お風呂上がりに牛乳でも飲む？　ご馳走するよ」

「……ありがとうございます」

それはつまり「ちょっと話そうか」の合図だった。

笹森は二人分の牛乳を買うと、すぐ近くのベンチに移動した。

「あの、柊さん。聞きたいことがあったんだけど」

「……はい」

「洲雲くんとなにかあった？」

いずれ笹森に尋ねられるとは思っていた。

小樽に来るときからずっと、二人の様子は第三者から見て取れるほど違和感があったのだから。

「洲雲さんが落としたライターを拾ったら、気分を害されたようで……」

「…………ああ」

つかさの言葉に、笹森はようやく腑に落ちたように頷いた。

「あのライター、どなたかの形見ですよね。洲雲さん、煙草吸ってるの見たことないし」

「うん……まあ、そうだね……」

歯切れの悪い笹森を見つめれば、彼はためらいがちに言葉を続けた。

「亡くなった彼女さんの遺品、なんだよ」

「……やっぱり、そうだったんですね」

つかさは驚かなかった。

『――許さないから』

ライターを拾ったときに聞こえた若い女性の声から、なんとなくそんな気がしていたからだ。

「洲雲くん、彼女さんのことずっと引きずっているんだ。彼、いい加減そうに見えて根は物凄く真面目だからね」

「そうでしょうね」

「三年前に彼女さんが亡くなってからずっと悲しそうにしてたんだ。でも、柊さんがウチに来てから洲雲くん、少し変わったんだよ」

意外な言葉につかさは目を丸くする。

「うん。洲雲くんは随分明るくなった。そして僕たちも、前より楽しく仕事ができている。柊さんがメメントに来てくれてよかった、と思っているよ」

「……ありがとうございます」

笹森から褒められ、素直に嬉しかった。

「だからこそ、もう一つ柊さんに聞いておきたいことがあるんだ」

「なんでしょう？」

戸惑い気味の笹森の視線が向けられる。なにを聞かれるか、気付いてしまった。

「僕の勘違いだったらごめんね。柊さんは……僕らには見えないモノが見えている、よね」

「……洲雲さんからはなにも聞いてないんですか」

「以前ちらっと聞いたことがあったんだけど『俺が話すことじゃない』って流されてしまってね。まあ……確かにこういうことは、本人に聞いたほうがいいよなあと思って、話ができる機会を待ってたんだ」

「そう、だったんですか」

正直驚いた。洲雲はとっくに笹森には話していると思っていたから。あまり人に知られたくない、理解されないであろうつかさの秘密を。

(あの人は、どこまでも不器用なんだな)

遠回しの優しさと気遣いに、つかさは思わず笑ってしまった。

「今からいうことは事実ですが、信じるか信じないかは社長次第です」

どこかで聞いたような前置きをして、つかさは話す。

「私には物に宿った残留思念が見えるんです」

「残留思念?」

「私が遺品に触れると、それに残された強い想いや感情が伝わってくるんです。以前、私が事務所で鼻血を出したことありますよね。あれが、そうです」

「えっ、それってかなり体に負担がかからない? なにも知らないで現場沢山ふっちゃってたけど……大丈夫だった!?」

気にするのそこですか、と笹森の優しさに拍子抜けしてしまう。

「ちょっと待って、洲雲くんのライター拾ったって……」

「そう、ですね。多分、洲雲さんは気付いたんだと思います。私が何か見てしまったことに」

笹森の顔に悲しみの色が浮かぶ。

「……つまりは見えたんだね。洲雲くんが肌身離さず持っているライターに、残留思念が」

「そう……ですね」

「そうか……そういうことだったんだ」

ようやく全てのことが腑に落ちたのだろう、笹森は何度も何度も頷いていた。

「詳しく聞かないんですか？」

「部下のプライベートにそう簡単に踏み込めないよ。こういうことは、本人が話したいときに話すものだ。それに、柊さんこそ……聞かないの？」

「ええ。洲雲さん本人に聞きますから」

何かを企むような顔で立ち上がると、笹森はきょとんとする。

「洲雲さんも私の秘密を黙っていたんです。人から伝え聞いて、勝手に同情するのもフェアじゃない」

「はは……本当、柊さんは面白いね。そういうところ大好きだよ」

けらけら笑う笹森の隣で、つかさは牛乳を一気に飲み干した。

「ごちそうさまでした社長。私、そろそろ部屋に戻りますね」

「あ、柊さん」

一礼して立ち去ろうとした柊を笹森は呼び止めた。

「また明日、頑張ろうね」

「──────あ」

残留思念が見えることを人に知られるのが正直怖かった。距離を置かれるのではないか、奇異の目で見られるのではないか。それが不安で、なるべく人と距離を置いていた。

これまで色々な会社を転々としてきたのもそれが要因の一つだった。誰にも理解されなくてもいい、自分は仕事と向き合えればそれでいいと、思っていたのだ。

でも、彼らは違った。同情するでもない。奇異の目を向けるでもない。ただ、いつも通りに投げかけてくれた言葉がたまらなく嬉しかった。

「社長。私、メメントに来られてよかったです」

きっとそれはつかさ自身も気づいていない、なんとも柔らかな微笑みだった。

それを見て笹森はふっ、と肩の力を抜いて破顔する。

「それは社長冥利に尽きるねえ。僕も、柊さんがウチに来てくれてよかったよ」

「……はい。社長も、今日は色々とありがとうございました。おやすみなさい」

「うん、おやすみなさい」

笹森は微笑んでつかさの背中を見送った。

彼女は気付いているだろうか。自分が笑みを浮かべていたことに。

「——ということだよ。洲雲くん、どうするの？」

笹森が振り向くと、男湯の暖簾の奥から洲雲が出てきた。

「気付いてたんすか」

「まあねぇ。年寄りの勘、舐めないほうがいいよぉ？」

「別に舐めてないっすよ」

洲雲は一度自販機に向かってから、笹森の隣に座った。

「どぞ」

「おや、ありがとう」

洲雲が差し出した缶ビールを有り難そうに受け取る。

「柊さんに話してよかった？」

「まあ……あの程度なら。つか、殆ど話してないに等しいでしょ」

それもそうだね、と笹森は笑いながらビールを飲む。

「なんか、いいたいことあるんじゃないっすか」

「んー……みんな色々抱えてることはあるだろうし、無理に詮索するつもりもないよ。でもね、さすがにあの空気は頂けないなあ。早く仲直りしてくれないと、僕の胃がもたないよぉ」

「別に喧嘩してるわけじゃゃ——」

「これは社長命令。柊さんも気にしてたみたいだし。それに洲雲くんだってすごーく気にしてるでしょ」

「……っす」

笹森に笑顔で見つめられ、洲雲は返す言葉もなく黙って頷いた。

「僕こんな感じだけどさ、一応社長だし、頼りたいときは頼ってね。受け止める自信はあるから。ほら僕、洲雲くんより背が高いし」

「力は俺のほうがありますよ」

「僕だって若い頃はもっと力ありましたー」

「なに張りあってんすか……」

二人で冗談をいいあっていると、笹森が立ち上がった。

「仕事仲間とはいえ、一応ご縁があって一緒にいるわけだから……僕だってみんなのこと心配なんだよ？　明日も早いから、ゆっくり休んでね。おやすみ」

とんとん、と笹森は洲雲の背中を叩くと「ビールごちそうさま」と陽気に去っていった。

「はぁ……あの人たちには敵わねえって」

一人残った洲雲はため息をつきながらビールを飲む。

「俺もそろそろ向き合えってことかね」

寝間着のポケットからライターを取り出し、蓋を開けたり閉めたりを繰り返す。

『――洲雲』

脳裏に一瞬、恋人の姿が蘇る。

長い黒髪。気の強そうな目元。はつらつとした笑顔――。

それをかき消すように洲雲は一気にビールを流し込むのであった。
＊

作業二日目。

一日目で一階は全て片付いた。残すは二階の一部屋だけだ。

「これは……」

「凄いな……」

だが、その有様は酷いものだった。

「……すみません。私のせいで、こんな有様に」

つかさが視線を逸らす。

壁一面に積み上げられていた段ボールは全て床に倒れていた。それはもう足の踏み場なんて見当たらないほどに。

「これだけの物の下敷きになってよく切り傷だけで済んだね。ある意味奇跡だよ」

「ちっちゃいからな、上手いこと箱と箱の間に収まったんだろ」

「……ちっちゃいは余計です。それに、あまりに重い物もなかったので」

「ま、なにはともあれこの一部屋で終わりだから。怪我なく頑張りましょう」

笹森が手を叩いたのを合図に、三人で一斉に取りかかった。

「これ、中身確認して一つずつトラック積んじゃった方が早そうだね」

「そっすね。俺と社長で運んでくから柊は中身の確認頼むわ」

「わかりました」

言葉には出さずとも、二人ともつかさの怪我を気遣っているようだ。

まず三人それぞれ、一つずつ段ボールを開けた。

「これ……」

「もしかして、みんな中身一緒か？」

各々持ち上げたのは梱包材に包まれた小物。中を開けてみればどれも硝子細工だった。

食器、風鈴、箸置きなどなど——他の段ボールの中にも全て硝子製品が詰められていた。

「床に散らばってたガラス片の正体はこれですね」

小樽は硝子が有名だ。

商店街を歩けば、至る所に硝子工房や、土産物屋がずらりと並んでいる。元々は漁で使う浮き球硝子がはじまりだったともいわれている。その通りに、この部屋にも浮き球や古いランプがごろごろと転がっていた。

「でも、ただの家なのにどうしてこんなに置いてあるんだろうね」

「さあ……店の在庫とかを受け取った、とか？」

考察しながらも箱の中身を確認していく。中には数点割れている物もあったが、厳重に包まれており無事な物のほうが多い。

「これだけの物捨てちゃうのも勿体ないよね」

「フリマで売り捌きます？」

「ははっ、良い考えだけど……横領になっちゃいますよー」

なんて軽口をたたき合いながら、男二人は箱を数個持ち上げて外に運びにいった。

一人残ったつかさは黙って箱を開けては中身を確認していく。

（残留思念がハッキリ見えなかったのは、厳重に梱包されていたからか……）

軍手をつけた手で、段ボールの中に入っている厳重に梱包された物に触れれば思念が掠れて見えるのも当然だった。

「……よし」

つかさは一つの梱包を解くと、思い切って素手でそれに触れてみた。

青い切り子細工の美しいロックグラスだった。

『――寂しいなあ』

（聞こえた――）

今度は間違いなく残留思念がはっきり伝わってきた。

若い女性の声。一つ一つ品物を梱包しながら、丁寧に箱にしまっている。

「これも……これもだ……」

残留思念に意識を向けながら、つかさは部屋に散乱した箱を次から次へと開けていく。

『一生懸命作ったのになあ……守れなかった』

伝わってくるのは、悔しさ、寂しさ、喪失感。そして――。

『いつかこの子達を使ってくれる人に出会えますように』

強い願いだ。

それらをすくい上げるように、つかさは丁寧にひと箱ずつ洲雲と笹森に渡していく。

「おい、柊。軍手、はかなくていいのか」

全体の半分が片付いた頃、つかさは顔を伝う汗を拭いながら頷いた。

「ええ。素手じゃないとよく見えないんですよ。それに多分……これは私にしかできないことだと思うので」

「……無理はすんなよ」

そういいながら洲雲はスポーツドリンクをつかさに渡す。

「はい。あと、少し……頑張りましょう」

「おう」

それを受け取ったつかさは一気に飲み干して力強く頷いた。

その後は誰も喋らず黙々と作業を続けた。

男たちはひたすらに段ボールを外に出す。そしてつかさは遺品の声に耳を傾けた。

『——ごめんね』

（一体なにがそんなに悲しかったの）

箱の中の物を確認する度に、ひとつひとつから祈りの声が聞こえた。

子供を心配する母のような。別れを惜しむ切ない気持ちのような。傍にいたい。でもいられない。そんな悲痛な思いがつかさの胸を貫いた。

「もうすこし……」

長年積もった思いを紐解くように、荷を解く。

大量の硝子はやがてなくなり、残すは最後の一箱となった。

「——見つけた」

窓ガラスでも入っていそうな大きな箱の中身を確認して、つかさは微笑んだ。

その中に入っていたのは、作りかけの大きなステンドグラス。そして『硝子工房』と書かれている小さな看板と、一枚の手紙。

「それで最後か」

丁度いいタイミングで洲雲たちが二階に戻ってきた。

つかさは額に滲む汗を拭い、振り返る。

「ここは呪いの家なんかじゃないですよ」

「……なにかわかったのか」

「なにがあったか、まではわかりません。でも、推測はできます。この家では殺しも、自殺も起きていなければ、呪いもない。あったのは、願いだけです」

《退院したら完成させる》

つかさが差し出したメモには一言そう書かれていた。

「ここの家主は帰ってくるつもりだったんです。でも、恐らく帰ってくることはできず――きっと遺族がいなくてこの家はそのまま売りに出された。だけど、これだけ物が詰め込まれた家は中々買い手が見つからない」

「それでこの部屋だけが誰も入れなくて、荷物の搬出もできない。だから新しい買い手も見つからず、そのうち曰く付きの物件になったってことか」

「仮に入れたとしても、この硝子の量です。割れて怪我をしてもおかしくないですからね」

「話に尾ひれがつきすぎて、いつの間にか事故物件が作られちゃったってことかあ」

洲雲と笹森は納得したように部屋の中を見回す。

「こういう手作りの品は特に想いが篭もりやすいですからね。そういえば……搬出した硝子製品ってどうなるんですか？」

じっとつかさが笹森を見上げる。

「そうだね……まだ使える物があれば中古で売れるだろうし、割れた物はリサイクルに回せる。無理に廃棄しなくとも、日の目を見ることは可能だと思うよ。廃棄といわれていても、使える物はなるべく使ったほうがいいからね」

「そうですか。それはよかった……物も眠っているより、誰かが使ってくれたほうが嬉しいでしょうから」

安堵したつかさが箱のふたを閉じ、洲雲に渡す。それが最後の仕事だった。

＊

「じゃあ、僕はトラックの荷物下ろしてくるから、二人ともちょっと待っててね！」

作業終了後、笹森がトラックに乗って一度現場を後にした。

「……お疲れ」

つかさが家を眺めていると隣に洲雲が立った。

「無事終わりましたね。なにごともなく」

「いや、何かはあっただろ……」

洲雲は呆れながら、なにかいいたげに口ごもっている。

「……傷は大丈夫か」

「ええ。私は箱の中身を確認していただけですし。今日はお二人がとても頑張ってくれたので……ありがとうございました」

つかさが礼をいえば、洲雲は照れくさそうに目を逸らした。

「誰かと仕事をするっていいですね」

ぽつりとつかさが呟いた。

「なんだ突然」

「この会社に入るまでずっと一人で現場をこなしてきました。でも、一人じゃわかり得なかったこともある。この会社に入ってよかった、と……今日改めて思いました」

「それ俺じゃなくて社長にいってやれ。きっと泣いて喜ぶから」

「……そうですね。そうします」

相変わらずつかさは真顔のままだったが、最初に会った頃より大分表情が柔らかくなったような気がする。

（本人は気付いてねえんだろうけどな）

それを指摘すればきっとまた凄い顔で睨まれるのだろうと、洲雲は言葉を呑み込んだ。

「……あの」

その時、背後から声をかけられた。

振り向くと、敷地の外に若い女性が一人立っていた。

「なにか？」

「この家、掃除してるんですか？」

声からして三十代くらいの女性だろうか。日傘で丁度顔が隠れていてよく見えない。

「ええ。丁度今片付いたところですよ。なにかご用でしたか？」

「あ……私、この家の所有者で。見にきてみたら……荷物が運び出されていたので」

つかさと洲雲が顔を見合わせていると、女性はいいづらそうに言葉を濁した。

「その……この家、色々と怖い噂がありましたが。大丈夫、でしたか？」

「ああ……」

洲雲が言い淀みながらそっとつかさを見る。

「曰く付きと聞いたときは正直怖かったですが、大丈夫でしたよ」

「……本当に？　ここは呪われた家だと、いわれているのに？」

不安げな女性の問いかけに、ええ、とつかさは頷く。

「この家は呪われていませんよ。寧ろ大切な宝物が眠っていた素敵な家です」

「……へえ」

「二階に、手作りの硝子製品が沢山あったんです。とても想いを込めて作られたものでした」

「……それ、どうしたんですか？」

女性が恐る恐る尋ねる。

「全て家から運び出しました」

「捨てた、ということですか？」

「いいえ」

つかさの即答に、女性はえ、と驚いた声を上げた。

「あれはゴミではありません。まだ使える物が沢山ありました。買い手を探し、リサイクルできる場所を探せば……きっとまた誰かの手に届くはずです」

「……そうですか」

その女性はどこか安心したように微笑んだ。

「本当に素敵な物でしたから。あれこそ捨てたら呪われますよ」

「確かに……いえてる」

つかさの言葉に洲雲は納得したように頷いた。

「それはよかったですね」

笑い合う二人を見つめる女性の声は嬉しそうに弾んでいた。

「硝子細工、いいですよね。完成するまでなにが出来上がるかわからない。一つとして同じ物はできない、世界で一つだけの作品なんです」

「硝子工芸、やられてたんですか？」

洲雲の問いかけに、女性の口元が緩む。

「はい。昔、少しだけですが……それでも私にとってはかけがえのない時間でした」

くすくすと懐かしそうで楽しそうな笑い声が暫く聞こえていた。

「お仕事中にすみませんでした。久々に誰かと話せてよかった……」

「いえ、こちらこそ」

「あなたたちのような素敵な人が、ここを掃除してくれて本当によかった。これで私も心残りがなくなります。どうもありがとう」

女性は家を見て、嬉しそうに微笑んだ。

「おーい、二人ともお待たせ！」

笹森の声が聞こえて二人が女性から視線を離す。

「あ、それじゃあ俺たちはこれで――」

洲雲が女性に挨拶しようとしたとき、彼女はもういなくなっていた。

ただそこに暖かい風が吹き付け、家の軒先にかかっていた金魚柄の風鈴がちりんと音を立てたのだった。

＊

帰りの車はつかさが運転していた。

いつも通り助手席には洲雲が座り、バックミラーには後部座席で寝息を立てている笹森の姿が映っていた。

「社長、お疲れですね」

「まあ……あのクソ暑い中、丸二日働いたからな。社長も若くないからな」

「それ、社長が聞いたら泣きますよ」

信号で止まると、二人は笹森の寝顔を見て笑みを零す。

「洲雲さんも寝ていいですよ。私、そういうの気にしませんから」

「いや、さすがに悪いだろ。お前だって疲れてるだろうし。そもそも怪我人に運転させてるわけだし……」

「いいえ。私が運転するといったので」

海辺を走りながら、洲雲は窓の外を眺めた。

少しずつ日が傾きはじめ、空は夕焼け色に染まりだす。海に夕日が反射して、きらきらと輝いて見えた。

「運転代われないから、こうして話し相手になるくらいしかできねえけど」

「十分ですよ。眠気はなくなりますから」

一瞬途切れる会話。ラジオが流れていないため、不思議な静寂が流れる。

「……あれ。死んだ恋人の形見なんだ」

最初に切り出したのは洲雲だった。唐突な話だが、それがなにを指しているかはすぐに理解できた。あのライターのことだ。

つかさは驚いていないふりをしながら、ハンドルをぎゅっと握り締める。

「……すみません。社長から少しだけ、話を聞いてしまって」

「別に、隠してたわけじゃない。それに……みんな知ってることだ」

「事故にあわれたと聞きました」

洲雲が視線を窓の外に向けたまま、ああ、と頷く。

「交通事故だ。俺が運転してた車が事故っちまった」

「洲雲さんが運転できないのは……」

「ああ。そのトラウマ……難しくいうとPTSDってやつだ。昨日は情けないとこ見せちまった」

洲雲の言葉は珍しくとてもぎこちない。

「だから……あー……その」

頭を掻き、忙しなく視線を泳がせる。

「キツく当たって申し訳なかった。別にお前に怒っていたわけじゃないし、お前のせいでもない。俺に心の余裕がなかっただけだ」

「……別に、気にしてないので」

といいかけて、つかさは一度黙った。

「……いえ。気にしていないというのは嘘ですね。実のところ、とても気になっています」

そのタイミングで信号に捕まった。

車が停車すると、つかさは洲雲を見つめる。

「あのライターに触れたとき、残留思念が見えました」

やっぱり、と洲雲の目が伏せられた。

「なにが見えた?」

「悲しみと迷い。そして……許さない、という女の人の声が聞こえました」

「…………ああ」

洲雲は深いため息をつきながら、ポケットからライターを取り出した。

「許さない、ね」

「すみません。それだけお伝えしたかったんです。後は……無理に聞きません」

「俺もいい加減、向き合いたいんだ。いや、向き合わなくちゃいけねえ」

独り言のようにそう吐露した洲雲はなんともいえない辛そうな表情をしていた。

「でも……今は、すぐに話せない」

「そうでしょうね」

つかさはそこで会話が終わると思った。

目の前の信号はまだ赤だ。沈黙が流れる中、隣から「柊」と名前を呼ばれて驚いた。

「近いうちに、きちんと話す。だから、それまで待っていてくれるか」

目は合わなかった。

つかさは信号を見つめていたし、洲雲もぼんやりと窓の外を眺めていた。だが、その言葉だけで二人の距離がぎゅっと縮まったような気がした。

「ええ。私がこの会社にいる間なら、気長に待ってますよ」

それはつかさにしては珍しい冗談だった。

「はっ、クビにならないように俺がしっかり手綱を引いてやらないとな」

「そうですね。洲雲さんは止めてくれるって信じてますから」

二人の間の空気が穏やかになっていく。

「柊」

「はい」

「……ありがとうな」

「……こちらこそ」

もうそれ以上の言葉は不要だった。

洲雲がラジオをつけると、軽快な音楽と共に車は札幌へ走っていく。

後部座席で笹森が狸寝入りを決め込んでいたことを二人が知るのは、会社に着いてからだろう。

＊

数日後、メメントに一本の電話がかかってきた。

「はい、メメントです。ええ……はい——ええっ!?」

驚いて声を上げた笹森。全員の視線が注がれる。

笹森は目を泳がせながら数分話すと、恐る恐る電話を切った。

「なにか問題でも起きました？」

紗栄子が不安げに尋ねれば、笹森はゆっくりと顔をあげ三人を見つめた。

「あの小樽の物件……取引中止になったらしい」

「え？」

「あの人買うのをやめたってことですか？」

つかさと洲雲が目を丸くする。

「それが……相手と突然連絡がつかなくなったらしい」

「最後の最後で気が変わったとか？　ほら、曰く付きの物件だったんでしょう」

「……それだけならよかったよね」

笹森の言葉に全員が不思議そうに首を傾げた。

「どうしても連絡がつかないものだから、仲介業者が心配になって買い手の家に向かったんだって。そしたら……どこだったと思う？」

「いきなりクイズっすか？　知りませんよそんなの」

呆れる洲雲。笹森は机に手をついて三人を見据えながら答えを引き延ばす。それはもう感情たっぷりに。

「——あの家だったんだよ！　おまけに、そこで電話をかけたらその家の中から音が聞こえてきたんだって！」

「はあっ!?」

ガタリと洲雲とつかさが立ち上がった。

「いやいやいやいやいやいやいや！」

「……あの家、電話なんかなかったですよ。ねぇ、洲雲さん」

つかさの言葉に洲雲が全力で頷く。

「それに、買い手の人なら俺たち話しましたよ。三十代くらいの女性で！」

「えっ!?　二人とも、買い手の人と話したの!?」

驚く笹森に、二人は声を震わせながらこくこくと頷く。

「優しそうな女の人でしたよ。家を綺麗にしてくれてありがとう……って」

「そういえば、どうして遺品整理の日がわかったんでしょうね」

「もしかして二人とも、幽霊と話してたんじゃないの……？」

笹森の一言に、二人の顔がさっと青ざめていく。

「……幽霊なんかいるわけない」

「そうですよ。話通じてたし、足生えてたし。そもそも俺、幽霊なんて見たことないし！」

「あー……その、盛り上がってるところ申し訳ないんだけど。私の予想話していい？」

部屋の温度が下がっていく中で、紗栄子がそっと手を挙げた。

「なんだよ、紗栄子さん」

「社長のいうとおり、その人きっと幽霊だよ」

「そんな非科学的な……」

真顔の紗栄子。洲雲は信じられずに首をぶんぶん振る。

「退院したら完成させるってメモがあったんでしょう。そのまま空き家になったってことは、その人退院できずに亡くなったってこと。つまり、未練が残ってた。自分の作品のことが心配だったんじゃない？」

「……そうか。なるほど、だから」

つかさは顎に手を当てて考える。

あの家の物に触れる度に伝わってきた、寂しさ。あれが一人でここに居続けたからだとしたら。その感情が残っていたのも納得がつく。

「お前、納得すんのかよ」

「確証はありませんが、話の筋は通ります」

「でしょう？　自分の大切な物が何十年も埃を被ったままなんて嫌でしょう。でも、ウチがきちんと掃除して……家が綺麗になって、連絡がつかなくなったってことは、きちんと旅立てたってことじゃない？」

「成仏したってことかい？」

笹森の問いかけに紗栄子は「多分？」と首を傾げる。

「じゃあ、あれは本当に幽霊が取り憑いていた家だってこと？」

「だとしても、私たちは結果的に依頼人の願いを叶えてあげられたということじゃないですか？　依頼人が満足してくれたなら遺品整理士冥利につきます」

青ざめている笹森につかさは言葉を投げかける。

「……あのとき、洲雲さんと話した女性が本当に幽霊だったとしたら、最後嬉しそうにしていたので。あの硝子たちもきっと使ってくれる人が見つかるでしょうし」

「――まあ、全部私たちの勝手な妄想なんだけどね。真実は一つとは限らない」

お化けからの依頼なんておもしろーっと紗栄子はニヤニヤしながら仕事に戻っていく。

「よ、よしよし！　まあ、あの依頼も無事に終わったことだし！　うん、忘れよう！　はい、お終いお終い！」

笹森はぱんぱんと手を叩いて必死に強がっている。なんだかんだ彼が一番怖がっていたのかもしれない。

結局あの依頼人の正体はわからなかったが、きっとこれで良いのだろう。

札幌の短い夏に起きた、少し涼しくなる奇妙な依頼であった。

第五話　遺されたもの

「さあて、今月も無事終わったねえ。お疲れ様！」

つかさが入社して早半年が過ぎた。

「社長、すみません。次の月曜日なんですけど、いつも通り――」

業務終了後、帰り支度を整えた洲雲が笹森の前に立つ。

「あ……そっか。もうそんな時期なんだね」

ふとデスクのカレンダーに目をやった笹森が、もの悲しそうに頷いた。

「うん、大丈夫だよ。有給入れたら丁度三連休になるし、ゆっくりしておいで」

「ありがとうございます」

「いいよいいよ。現場も落ち着いたし、このところヤケに忙しかったからねえ」

カレンダーをなぞる笹森の顔はどことなく疲れの色が見えていた。

それもそのはず、十一月に入ってから立て続けに大きな現場が入り、社員全員が激務を強いられていた。

「ついでに柊さんも有給とる？」

「いえ。私はまだまだ働けます」

そう答えたつかさの目の下にはくっきりとクマができている。

さすがのワーカホリックも参っているようだ。ここですかさず紗栄子が動く。

「ねー、社長。どうせなら会社ごと休みにしましょうよ！　過重労働はんたーい！　労基に訴えてやるーっ！」

「ええっ!?　怖いこというのやめてよ！　いや……でもさすがに働かせすぎだよね」

最強の事務員、紗栄子に脅された笹森は慌てて予定表を確認する。

「あー……今のところは特段依頼入ってないし、大丈夫……かなあ？」

「よっしゃ！　三連休、三連休！」

「と、いうことで今週は三連休にします！　皆さん今月の疲れをゆーっくりとってください！　はい、定時だから解散っ！　早く帰った！」

なんとも軽いノリで三連休をもぎ取った社員一同は、社長に追い出される形で解散した。

「お疲れ様でした」

そそくさと退勤するつかさもどことなく浮き足立っている。

(三連休か。なにしようかな……)

なんて考えながら車に乗り込み、エンジンをかけた。

《週末はぐんと気温が冷え込み、初雪が降る地域も――》

手を擦りながら、冷えた車内が暖まるのを待っているとラジオの天気予報が耳に入る。

「……もう雪の時期か」

十一月も間もなく中旬。北海道の長い冬の足音が着実に近づいてきていた。

フロントガラスからぼんやりと真っ暗な空を見上げて、つかさは小さくため息をつく。

「やっぱり、冬は苦手だな」

大切な人を亡くした記憶が、嫌でも呼び起こされるから。

そんなとき、こんこんと窓をノックされた。

「――洲雲さん？」

「悪い。ちょっと、時間あるか？」

窓を開けると、申し訳なさそうに洲雲が眉尻を下げていた。

「なにか？」

自分から呼び止めておいて、中々洲雲は切り出さない。開いた窓から冷たい北風が容赦なく入り込んでくる。

「……よかったら車に乗ってください。寒いんで」

「……おう」

助手席に洲雲が乗り込むと、つかさはラジオを切った。

なんともいえない沈黙につかさが耐えかねたタイミングで、ようやく洲雲が口を開く。

「お前さ……その、明日空いてるか？」

「……は？」

「明日、俺の家に来てくれないか？」

「……は、あ？」

つかさの眉間に皺がぎゅっと寄った。

突然呼び止められて、二人きりの車内で、ぎこちなく切り出された提案の意図が全く読めず、つかさは様々な想像を巡らす。

「なんですか突然。告白でもするつもりですか」

「まあ……告白っちゃ、告白だな」

ほんの冗談のつもりだったのに、予想外の返答につかさは目を丸くして固まった。

「…………この間のことだよ」

「…………ああ」

重く吐き出された言葉に自分の予想は全て杞憂だったと理解した。

「いっただろ。いつか、教えるって」

それは小樽からの帰り道での話。あのときも車の中で互いに目を合わさず話していた。

「構いませんが、どうして洲雲さんのお家で？」

「遺品整理を手伝ってほしいんだ」

再びつかさは驚いた。

ずっと前を見ていた洲雲がようやくつかさを見て笑う。

「はは、お前もそんなに驚いた顔するんだな」

「予想だにしないことが起きたら誰だって驚きますよ」

「それじゃあ、明日頼むよ。住所は後でラインする」

家まで送りましょうか、と提案する前に洲雲はひらひらと手を振って車を降りていった。

やるせなさげに遠ざかっていく彼の背中を見つめながら、つかさはハンドルに凭(もた)れかかる。

『――三年前に彼女さんが亡くなってからずっと悲しそうにしてたんだ』

笹森の話を思い返した。

あの背中には悲しみがのしかかっているように見えた。今までずっと重いものを抱えて生きてきたんだろう。

大切な者の死は簡単に乗り越えられるものではない。それはつかさ自身もわかっていた。

本当に洲雲のプライベートに踏み込んでいいのだろうか。自分だって全てを打ち明けたわけではないのに。

『柊さんがウチに来てから洲雲くん、少し変わったんだよ』

それは自分もだ。今まで誰とも関わらないように壁を作っていた。

それを彼らは簡単に乗り越えてきた。偏屈な自分に呆れながらも、特異な力を不気味にも思わなかった。

自分はただ遺品と向き合ってきた。人と向き合うことはしなかった。

自分もここに来てよかったと心の底から思っている。

『柊さんがウチに来てくれてよかった』

洲雲がずっと抱えてきたものに、まだ出会って間もない自分が向き合っていいのだろうかとも悩んだが、ここで断ればきっと洲雲は心を閉ざしてしまうような気がした。

それは少しだけ寂しい。ほんの少し、そう思った。

「よし」

小さく息をついて、つかさはようやく車を発進させ帰路についたのだった。

＊

翌日、つかさは約束どおり洲雲の自宅にやってきた。

南区(みなみく)は澄川(すみかわ)の住宅街。鉄筋コンクリート造の四階建てのマンションだ。

「ここで、あってるよね」

建物を見上げ、つかさは息をついた。

知り合いの家に赴くなんて学生の頃以来だ。だからか妙に緊張していた。

階段で最上階まで上がり、四〇二号室の前で足を止めた。『洲雲』と手書きの表札が掲げられていたので、この部屋で間違いないはずだ。

「――」

インターホンを押しかけて指が止まった。

『――許さない』

耳に焼き付いて離れない女性の声が蘇る。

洲雲が自分を信頼して打ち明けてくれたことは嬉しかった。でも、もしその答えが彼を更に苦しめ、悲しませることになってしまったらと思うといい知れぬ不安に襲われた。

(いつもどおりにやればいいだけ)

そんなことを考える自分に思わず笑ってしまった。

これまでの仕事を思い返してみれば、初対面の人にもずけずけと踏み込んで呆れさせていたではないか。

そうだ。いつもどおりにすればいい。ここで変な遠慮を見せれば洲雲だって困惑するだろう。

(……よし)

自分に折り合いをつけること三分。つかさは深呼吸して勢いに任せてインターホンを押した。

「――はい」

「柊です」

インターホン越しに洲雲の声が聞こえると、少しして扉が開いた。

「おう、休みの日にわざわざ悪いな」

私服の洲雲が顔を出すと、つかさは思わず身構えた。

ジーンズにフーディーというラフな恰好。見慣れた作業着姿とは雰囲気が異なり、どうにも落ち着かない。

「……なに身構えてんだよ」

「いえ、別に」

平静を装ったつもりではあったが、半年間毎日仕事を共にした相棒には通用しなかった。

「なんかオフの日に同僚と会うのって変な感じすんな。お前の私服もはじめて見たし」

「……その言葉、そっくりそのままお返ししますよ」

身構えていた自分が馬鹿だった。

つかさはじとっと洲雲を睨みながら、ようやく部屋に足を踏み入れた。

玄関に入ってすぐの扉を開けば広々としたリビングダイニングがあった。その奥には閉ざされた扉。間取りは広めの1LDKといったところだろう。

遺品整理というから多少荒れた部屋を想像していたが、家具は必要最低限で寧ろ殺風景に近い。部屋の隅には段ボールが幾つか重ねて置かれていた。

「引っ越しでもするんですか？」

「ああ、来月な。契約が切れるから丁度いいと思って」

「もしかして私を呼び出した本当の理由は引っ越しの手伝いですか？」

「んなわけあるかよ。これでも片付けのプロだぞ」

「冗談ですよ」

軽口をたたきあっていると、ふと甘い煙草のような香りが漂っていることに気付いた。

「洲雲さん、煙草吸うんですね」

会社でも吸っている素振りはなく意外に思っていると、洲雲がいいやと首を振った。

「恋人がヘビースモーカーだったんだよ。だからたまに、線香代わりにつけてんだ」

そういって洲雲は換気のために窓を開けながら棚の上に置かれている写真を指さした。

長い黒髪の活発そうで綺麗な女性だ。その前には小さな灰皿と吸い殻が一本残っていた。

「この方が亡くなった彼女さん、ですか」

「ああ。明後日が命日なんだ。もう、三年になる」

「……今日はこの方の遺品を整理するんですね」

「こっちだ」

洲雲は手招きすると奥の寝室に案内した。

押し入れを開けると、下の方に大きな段ボールが二つ見える。

それを引っ張りだすと、粘着テープがこれでもかと何重にも、そして乱雑に張り巡らされていた。

「適当に詰め込んだんだ。目に入るところに置いておきたくなくて。とはいえ丁寧に片付けるほど心の余裕もなくてな……中に何が入ってたかも覚えちゃいねえ」

「……気持ちはよくわかります」

つかさの返答に洲雲は思わず「あ？」と素っ頓狂な声をあげた。

隣に立つ彼女は複雑な表情でそれを見下ろしている。まるで自分を重ねでもするように。

「お前――」

「私の話は後にしましょう。こちら、開けてもいいですか？」

「……ああ」

腑に落ちないまま洲雲が返事をすると、つかさは段ボールの封を切っていく。

中には雑貨や女物の衣類や小物が乱雑に詰め込まれていた。

「本当に私でいいんですか？　知りたくないこと、知られたくないこと……色々見えてしまうかもしれませんよ」

「柊だから呼んだんだ」

洲雲はつかさの背中を見ながら答えた。

今まで数多（あまた）の遺品に触れてきた。仕事と割り切りながら、それでもやはり現場に行くたびに恋人の遺品が頭をチラついた。

その度に押し入れを開けては閉めての繰り返し。亡き恋人と向き合う勇気なんてなかった。柊つかさと出会うまでは。

彼女がただひたむきに遺品と向きあうから、そしてそれに救われる遺族を見てきたから。もしかしたら自分も、なんて淡い期待を抱いてしまった。

正直今でも遺品を直視することは難しい。それでも——。

「俺だって、いい加減止まった時間を進めたい。このまま立ち止まっているのは辛すぎるんだ」

それが本心だった。

「遺品は全て処分する。でも、もし残留思念が見えるものがあれば教えてほしい」

洲雲は悲痛な顔でつかさを見つめる。

「俺は知りたいんだ……アイツが、瞳（ひとみ）が俺のことをどう思っていたのかを」

「……わかりました」

手がかりはたった二箱の段ボールだけ。やれることをやるしかない。

つかさは目を閉じると、ゆっくり深呼吸した。

洲雲に頼りにされたことは正直嬉しかった。度々苦しんでいる様を、そしてそれを乗り越えようとしている姿を見てきたからだ。

笹森に託されたこともある。そしてなによりつかさ自身が自分を認めてくれた彼の助けになりたいと思った。

そんな想いを巡らせ、雑念を消し、目の前の遺品に集中する。

「――はじめましょうか」

ゆっくりと目を開けたつかさは、遺品と対峙した。

「本当に捨ててしまいますよ？」

「ああ」

ひと箱目は衣類や化粧品が詰まっていた。

残留思念が見えないため、洲雲が持っているビニール袋の中にひと思いに収めていく。これもない。あれもない。慣れた手つきで遺品を袋へ。箱はあっという間に空っぽになっていく。

「……ひと箱、終わっちゃいましたよ」

「あっけねえなあ」

作業開始から五分も経たないうちに、手がかりの一つはなくなった。

っていた。

「まだ、もう一つありますから」

二箱目に突入する。今度は小物が多い。キーホルダーや写真、キャンプ用具などが詰まっていた。

「彼女さん、格好いいものがお好きだったんですね」

「やっぱ見ただけでわかるよな。そうだな、男勝りで勝ち気なヤツだったよ」

遺品整理をしながらそんな会話を交わす。

衣服もクール系のものが多く、持っている小物も可愛いものよりは格好いいものが多い。

「洲雲さん、きっと尻に敷かれるタイプですね」

「……はっ、よくいうぜ」

どうやら図星のようだ。言葉に反して洲雲の顔は穏やかなので、きっと彼女のことを思い出しているのだろう。さっき遺影で見た彼女が洲雲の隣で笑っている姿が目に浮かんだ。

しかしたいした手がかりもないまま、箱に手を突っ込むと大きな本が数冊出てきた。

「アルバムですね」

「おお、懐かしいな」

思わず洲雲はそれを手に取りぱらぱらとめくる。

つかさは隣でそれをのぞき込んだ。

「彼女さんもキャンプお好きだったんですね」

「……ああ。二人でキャンプにハマってたんだ。色んなところに行ってたよ」

アルバムに入っていた写真の殆どは洲雲とのツーショットだった。洲雲が一人で写っている写真もちらほら見受けられる。

「洲雲さん写真写り悪いですね」

「うるせえな。アイツがいつも勝手に撮るんだよ」

「……愛してたんですね」

その一言に洲雲が固まった。

「……愛してたよ」

「彼女さん。瞳さんが、洲雲さんのことを」

続いた言葉に洲雲がぽかんと口を開ける。

「写真は残留思念がよく見えるんです。思い出が詰まった物ってよく見返しますからね」

つかさはそっと写真を撫でた。伝わってくるのは温かな感情だ。

春夏秋冬、様々な場所の写真があった。二人がどれほど多くの時間を共有していたのか残留思念なんかなくても見て取れるほどに。

「……結婚するつもりだったんだ」

「プロポーズ、ずいぶん緊張したみたいですね」

タイミングを見計らったようにつかさが段ボール箱の中からベルベットのリングケース

を取り出した。

「そんなことまでわかるのかよ」

「残留思念は強い想いですから。洲雲さんも緊張することあるんですね」

「……あまり見るな！　恥ずかしい！」

つかさがからかうと、洲雲がリングケースを奪い去った。

がっちがちに緊張しながらも、必死に平静を装う彼の姿が見えていたのに。残念だ、とつかさは視線をそらす。

「こんときまでは幸せだったよ」

リングケースを開けたら、中には輝くダイヤモンドの指輪が見えた。

洲雲の表情が悲しげに曇っていく。

「瞳さんは交通事故で亡くなったと、いってましたね」

「ああ。キャンプでプロポーズした、その帰りのことだよ」

つかさは息を呑み、言葉の続きを待った。

「その日は寒くてな、峠に雪が降ってた。俺が運転する車で、峠道を走ってたら……スリップしたトラックが対向車線から突っ込んできたんだよ」

ぎゅっと強く箱を握る。

「目覚めたら病院だった。俺も結構ヤバい状態だったらしい。社長と紗栄子さんが半泣きで見舞いにきてくれたのはよく覚えてるよ」

「……その姿が目に浮かびますよ」

「でも……瞳はダメだった」

洲雲の瞳は暗く、遠くを見つめていた。

「ＩＣＵで三日三晩眠り続けた。意識が戻ったのは亡くなる寸前。ほんの僅かな時間だった」

事故のことは覚えていない。思い出すのは瞳が亡くなったあの日のことばかりだ。

ようやく車椅子で動けるようになった洲雲は瞳に会いにＩＣＵへ向かった。

沢山の管に繋がれて横たわる恋人。その傍らには彼女の母親の姿もあった。

『……洲雲くん』

そう声をかけられた気がするが、顔は見られなかった。

ただ深く頭を下げて、眠り続ける恋人に近寄る。ぴくりとも動かない手に触れるのが一瞬怖かった。

彼女はまだ生きているはずなのに、その手の感触はなんとも奇妙だった。

触れた右手は何かを強く握りしめているようだ。

『ずっと、それを握り締めたままなんです。握っていたほうが落ち着くのかな、って』

母親が涙に濡れた声でそういった。

『――』

瞳が目を開けたのは、その瞬間だった。

ぼんやりとしていた目の焦点があい、母親の呼びかけにも答えず見たのは反対側にいた洲雲。

『――すぐも』

聞き慣れた声は酷く弱々しく、掠れていた。

そのまま手を握られる。彼女がずっと握り締めていた、熱く固い物が掌に触れる。

洲雲が両手でその手を包み込めば、彼女は洲雲の目を真っ直ぐ見てこういった。

『絶対――許さない、から』

『え――』

それが最後の言葉だった。

その直後に聞こえた異常な警告音。駆け寄ってくる医者、看護師。泣き崩れる母親。その中で洲雲は一人呆然とすることしかできなかった。

掌に残されたのは、洲雲が彼女に贈ったジッポーライター。

耳に焼き付いて離れないあの言葉はまるで呪いのように洲雲を蝕(むしば)みつづけた。

「――洲雲さんのせいではないでしょう」

つかさの声で洲雲は現実に呼び戻された。

我に返って最初に目に飛び込んだのは、あのジッポーライターだった。

彼女は洲雲の話に耳を傾けながら淡々と、片付けを進めていた。

「たとえ突っ込んできたトラックに非があるとしても、キャンプに誘ったのも、車を運転していたのも俺だ」

洲雲はやるせなさそうに拳を握りしめる。

「まあ、それで向こうの親も怒り狂っちまってな。二度と俺の顔なんて見たくないってよ。そりゃそうだ。大切な娘が殺されて、俺だけ生き残っちまったんだから」

「でも……」

袋に彼女の遺品が収められていくのを眺めながら、洲雲はライターを弄る。

「ほら、咄嗟のときって防衛反応が働いて自分とは反対側にハンドルを切るっていうだろ。だから助手席に座ってる人間の死亡率は高いって話だろ」

洲雲は気味が悪いほど明るくいった。

それとは逆につかさの表情が曇っていく。それでも洲雲の口は止まらない。

「だから、俺も自分が助かるために無意識にハンドルを切ってたんじゃないか？　アイツが運転してたら、俺が死んでアイツは生きてたかもしれない」

「たられればなんて、どうとでもいえます」

「……俺が、アイツを殺したようなもんだ。だから、許さないって思ったんだろ」

言い訳。後悔。怒り。懺悔。

溜め込んでいたものを吐き出して、洲雲はどっしりと重いため息をついた。

こんなことを人に話すのははじめてだった。笹森にさえいったことはない。

恐る恐るつかさを見ると、彼女は手を止めて俯いていた。

「……変なこと話して悪かったな。忘れてくれ」

心のどこかでがっかりしている自分がいた。

なんとなく彼女なら受け止めてくれるような気がしていたからだ。いつものように真顔で淡々と受け止めて、そうですね、と相づちを打ってくれると思っていたのだ。

「それで全部ですか？」

「え」

顔を上げたつかさはやっぱりいつものように真っ直ぐ洲雲を見つめていた。

「私に責めてほしいんですか？　他の人に話せば慰められるのが目に見えているから」

洲雲はぎくりとした。まるで心を読まれたようだったから。

つかさは再び手を動かしはじめると、こう切り出した。

「洲雲さん。私もね、祖母を事故で亡くしているんですよ」

突然の告白に洲雲は息を呑んだ。

「雪かき中に屋根から落ちた雪に埋もれて、そのまま――」

少し長くなりますけど。

そういってつかさも誰にも話していない過去を話しはじめた。


今でもあの音が耳から離れない。

あれは十年ほど前の冬のこと。大学受験を控えていたつかさは祖母の家に来ていた。

山奥にある、自然に囲まれた大きな家だった。

どどどどど、どおおおおん。

凄まじい轟音がしてつかさは目が覚めた。

どうやら勉強中に眠ってしまったらしい。慌てて体を起こせば、祖母がかけてくれたであろう毛布がばさりと落ちた。

『……おばあちゃん？』

家の中は静まり返っていた。

テレビが消されていて、ストーブの上に置かれたやかんからしゅーしゅーと蒸気が立ち上っている。

『おばあちゃん、どこ？』

家の中をぐるりと回り、玄関にたどり着くと雪かき用のスコップと長靴がないことに気づく。

『雪かきするなら起こしてくれればいいのに』

また一人で雪かきしにいったのかと、つかさは呆れながら防寒具を着込んで外に出た。

『おばあちゃん！』

外は小雪がちらついていた。空は厚い雪雲に覆われ、どことなく薄暗い。

玄関付近には姿が見えず、裏手にある小屋のほうへと向かった。

『――え』

血の気が引いた。

目の前には屋根から落ちたであろう雪の塊。そして、スコップの赤い柄が見えていた。

――まさか、この下に？

『おばあちゃん！』

嫌な想像が瞬時に頭をよぎった。

たまらず駆け寄った。

心臓がバクバクと激しく脈打ち、耳鳴りが酷い。

『おばあちゃん、おばあちゃん！』

無我夢中で手で雪をかいた。屋根から落ちた雪は固く、手では歯が立たない。

『つかさちゃん、どうした⁉』

『おばあちゃんが、雪の下にいるかもしれない！』

騒ぎを聞きつけて向かいのおじさんがやってきた。

彼は大慌てで救急車を呼びにいき、スコップを持ってきてくれた。

祖母がどこに埋まっているかわからないから、除雪機は使えなかった。

『おばあちゃん……おばあちゃん……』

杞憂であればいいと祈った。ひょっこり家の中から出てきてくれやしないかと願った。

それでも頭の中では最悪の可能性が駆け巡り、つかさは泣きながら無我夢中でスコップを振るった。手足の感覚が消えても気にもとめなかった。

ちらついていた雪はやがて激しさを増し、しんしんと大粒の雪が降りだした。

聞こえるのは自分の息づかいとスコップの音だけ。

でも、それらの音は全て雪に呑み込まれ、世界は無音になっていく。

『――つかさちゃん』

どれくらい時間が経っただろう。

日が落ち始めた頃、おじさんがつかさの肩を掴んだ。

『はあ、はあ……』

息も絶え絶えだった。体中が熱くて、顔だけが痛いほど冷たかった。

『もういいよ。もう、やめなさい』

『だって、おばあちゃんが。早く、助けないと！』

再びスコップを握ろうとした彼女の肩を、おじさんは強い力で掴んだ。

『つかさちゃん。おばあちゃんは、もう――』

彼の視線が悲しげに下に落ちる。遠くから救急車のサイレンが聞こえたような気がした。

それにつられるようにつかさも下を見た。そこには――。

「――柊のせいじゃないだろ」

同じことをいったと、洲雲は言葉を発してから気がついた。

「私のせいじゃない。両親も、周囲の人もそういってくれた。でも、私は自分を許せなくて責め続けました――今の洲雲さんと同じように」

つかさが洲雲を見つめれば、彼はすっと視線を逸らした。

「私が残留思念を見られるようになったのはそれからです」

「な……」

「祖母の遺品に触れたら、突然感情が流れ込んできたんです。祖母が大切にした物の、大切な思い出が……なんの当てつけかと思いましたよ」

つかさは苦笑を浮かべながら、遺品整理を続けている。

「それから祖母の遺品には触れなくなりました。特に、亡くなったときに着ていた衣服には。もし、私を恨んでいたらと思うと恐ろしくて。それを見てしまったら、二度と立ち直れなくなると思ったから」

ずっと祖母の死と向き合えずにいました。

つかさの告白に、洲雲はなにも答えられなかった。それは今の自分と同じだったから。

「……お前は、ばあちゃんと向き合えたのか」

「大分時間がかかりましたけどね」

頷いたつかさの表情は穏やかなものだった。

「大学生三年の冬です。祖母の家を手放すことになったんですが、私が無理をいってそこに住むことにしたんです。それで家を片付けるときに思い切って触ったんです」

つかさは両手を見つめながら懐かしむように話す。

「……もし、恨まれていたとしても、その罪を背負って生きていこうって」

「どう……だったんだ」

それは自分に問いかけていたのかもしれない。

「どうだったと、思いますか」

それを汲むように、つかさは洲雲に尋ねた。

けれどすぐには答えられなかった。

怖かった。その答えがもし最悪な結末だったら、もう二度と前を向けなくなりそうだったから。

長い、長い沈黙が続いた。

洲雲は答えらないと、首を振った。

「――違ったんですよ」

つかさの声は穏やかだった。洲雲が顔をあげると、彼女は儚げに微笑んでいた。

「伝わってきたのは、凍える寒さと死の恐怖。そして、私への気遣いでした」

その答えに洲雲の目が大きく見開かれた。

『ああ……つかさに怒られちゃうわね』

祖母の服に触れたとき、震える声が聞こえてきた。

雪の冷たさと重さがずしんと体を支配する。押しつぶされたように息が苦しくなった。

それでも、その奥にほんわかとした温かい光が見えたのだ。

『どうして一人で無茶したの！　って怒られちゃうわねえ。ああ……でも、もしかしたら自分を責めてしまうかも。優しい子だから』

暗闇の中、体の自由が利かない場所で、祖母は孫の心配をしていた。

『勉強で疲れてるんだから、ウチにいるときぐらいゆっくり休んでほしかったのよ』

『――、――』

微かに聞こえる悲痛な叫び。それは祖母を呼ぶ、自分の声だった。

『つかさのせいじゃないよ。おばあちゃんがドジだったの。ごめんね、ごめんね』

『――おばあちゃん！』

光が差し込む。恐怖と安堵と、後悔と、悲しみ、そして――。

『やっぱりつかさは可愛いねえ。たった一人の大切な孫だもの』

最後に残ったのはつかさが想像していたものとは真逆の、深い愛情だった。

「愛されていたんです。最後まで、私のことを愛してくれていたんですよ」

微笑を浮かべるつかさの目から涙が一筋零れた。

それを聞いていた洲雲の目にも涙が滲む。

「きっと恨まれていると思うのは、深い自責の念と強い思い込みのせいなんです。だからきっと、瞳さんも――」

「お前のばあちゃんはそうだったかもしれない。でも、みんながそうだとは限らない」

洲雲の心は揺れ動いていた。

そうであってほしい。いや、違う。自問自答を繰り返しながら、苦しげに拳を握った。

「瞳は俺を見て、確かに『絶対、許さないから』っていったんだ」

あんな事故を起こした。きっと痛くて、苦しかっただろう。まだ生きたかったはずの未来を奪ってしまったんだ。憎くなければ、恨めしく思ってなければ、あの言葉は出てこないはずだ。

「洲雲さんの気持ちはよくわかります」

普通ならその言葉をいわれてかっとなっていただろう。でも彼女は——。

「私もずっと自分を責め続けていたから」

悲しそうに視線を向ける彼女もずっと同じように苦しんできたのだから。

「洲雲さん」

いつものように名前を呼ばれ、空の段ボールを差し出された。

「遺品整理、終わりましたよ」

「あ——」

彼女の傍には、綺麗に整理された遺品が置かれていた。

「洲雲さんが求めている残留思念が見える遺品は……見つかりませんでした」

「……そうか」

洲雲は息をつきながら肩を落とした。

答えは出なかった。そしてそれに落胆している自分に驚いた。

「もう、どうしたらいいのかわからないんだ。責められたかったのか、慰められたかったのか……いや、ただ……いい加減、このモヤモヤした重い気持ちから解放されたかったんだ」

「ずっと重いものを抱えて生きるのは辛いですね」

目と目があう。

洲雲も、そしてつかさも互いに大切なものを失った。

決して上っ面の慰めではない。それは彼女の本心なのだろう。

「だとしても、これで全部終わりだ。俺は一生これを抱えて生きろってことなんだろ」

遺品整理は全て終わった。洲雲が求めていた答えは得られなかった。だというのに、つかさはまだ真っ直ぐ彼を見つめている。

「なにいっているんですか。もうひとつだけ、あるじゃないですか」

そういってつかさは手を出したが、洲雲は意味がわからず首を傾げる。

「洲雲さんが肌身離さず持ち歩いている物、ありますよね」

「……ああ」

握っていた拳を開けば、ジッポーライターが収まっていた。

あの日、あの言葉とともに、瞳が洲雲に託したものだ。

「そのライター、最後にもう一度だけ触れさせてくれませんか？」

泣いても笑ってもこれが最後だ。

洲雲は祈るようにそれをぎゅっと握り締めると、恐る恐るつかさに託した。

「頼んだ、柊」

ぽとん。掌に落ちたジッポーライターをつかさは両手で握り締めた。

「――っ」

その瞬間、彼女はよろめき、膝を突いた。目を見開き、天を仰いだつかさの鼻から血が流れはじめる。

目の前に火花が飛び散った。

頭を殴られたようなすさまじい衝撃が走った。

苦しい。苦しい。苦しい。苦しい。

底なし沼を必死に藻掻（もが）いて進んでいるかのように体がずしんと重くなる。

絶対許さない。許さない。許さない。許さない。許さない――。

あの声が四方八方から飛んでくる。

洲雲の声が、瞳の感情が、ありとあらゆるものがごちゃ混ぜになってつかさを襲う。

気を緩めれば意識を持っていかれそうになる。

「おい！」

目からは涙が溢れだし、その瞳は痙攣するように動いていた。

「おい、よせ。もういい！」

明らかに異常な様子に、洲雲はつかさの手からライターを引き剥がそうとするが、がっちりと握られていて離れない。

「柊、もういいから。放せ！」

「…………っ、黙って！」

つかさは洲雲の手を振り払った。

肩で息をし、鼻血を服の袖で拭いながら改めてライターを握った。

「黙って、ください。もうすぐなんです！」

荒い呼吸を整えて、水に潜るように再び意識をたぐり寄せた。

(感情がぐちゃぐちゃだ)

感情の波に呑まれないように、心を穏やかにして神経を研ぎ澄ませる。

絡まった思念の糸をほどくように、一つ一つ、耳を傾ける。

『俺のせいだ……恨まれて当然だ』

最初に聞こえたのは洲雲の声。

ずっしりと重い罪悪感。彼女が亡くなってから数年、肌身離さず持ち続けた洲雲の想い。

彼女を失った悲しみ。自分を責める酷い苦しみ。それらが全てのしかかる。

(ずっと一人で苦しみを抱えていたんですね。きっと辛かっただろう……)

さらに奥へ潜っていくと少しだけ安らぎを感じた。

瞳はずっとこのライターを持っていたのだろう。不安も喜びも、悲しみも苦しみも全ての感情が読み取れる。きっと幸せだったんだ。

穏やかな流れに身を任せていると、途端にずしんと体が重くなった。全身に絶え間ない痛みが走る。思わず呼吸を忘れた。

『——洲雲。絶対許さないから』

その中で洲雲を呪ったあの言葉が聞こえた。

ああ、ようやくここまでたどり着いた。

強い想いだった。絶対にこれだけは彼に伝えなければと思う、強い信念だ。

本当に、彼女は洲雲を恨んでいたのだろうか。

(駄目だ。まだわからない。全部、見えない)

まだ潜れる。ここで諦めるわけにはいかない。

(奥へ、もっと、もっと奥へ——!)

沈めば沈むほど、目の前に火花が飛び散り意識がショートしそうになる。

「もういいから、やめろ!」

洲雲に揺さぶられる度に意識が現実に引き戻される。

目はちかちかし、洲雲の顔すらろくに見えなくなっていた。

「ダメです!」

つかさは声を荒らげた。

「今、あなたに寄り添えるのは、あなたの恋人の声の想いを届けられるのは、私しかいない!」

自分と同じ罪悪感を抱える人間を放ってはおけなかった。

「私はあなたを救いたい！」

自分と同じ思いをした人を救いたい。その思いで遺品整理士の道を選んだ。

そして今までずっと一人で遺品と向き合い続けた。けれど、自分は口下手で空回りばかり。会社を転々とし続けた。

そんなときメメントに拾われ、洲雲と出会った。

彼は自分の力を認めてくれた。喧嘩をしながらも、決して見捨てず一緒に仕事をしてくれた。

言葉足らずで娘を亡くした母を怒らせてしまったときも、洲雲がフォローしてくれた。彼がいたから、あの母娘は仲直りができた。

独りで息を引きとった男性の想いを遺された家族に伝えたかった。どれだけ自分が空回りしても、洲雲は最後まで付き合ってくれた。

大切な家族の死は自分のせいだと責める少年を救いたかった。二人で協力して、彼の苦痛を少しでも和らげることができただろうか。

極暑の中、一人で無茶をしてヘマをした。心配をかけて、注意された。はじめて誰かと仕事をする楽しさを知った。もっと、もっと彼らと一緒に仕事をしたいと思った。

――この半年、いろいろな仕事をした。色んな人と出会った。

でも、どの仕事も一人では成し遂げられなかった。全て、一緒にいてくれた相棒のお陰だ。

彼のお陰で自分は変わった。だから、せめてものお礼になにか彼に報いたい。

洲雲が苦しんでいるのなら、救いたい。支えたい。

だって、かけがえのない仲間だから。

(——もっと、奥へ!)

ぱちん。目の前が白く弾けた。

暗く重かった体がふわりと軽くなる。心が優しく、温かい気持ちで満たされていく。

(これは——)

残留思念だ。遺品に残された、強い想いの塊。

洲雲の想いよりも。事故よりも。瞳の思い出よりも。それよりももっと古い。この遺品に最初に刻まれた想いだ。

『ねえ、洲雲——』

優しい微笑みを浮かべている人が見えた。その隣で洲雲が笑っている。

なんて幸せそうな——ああ——そうか。

「……許さない。ああ、なんだあ……そういう、こと……か」

ことん、とつかさの手からライターが落ちて床に転がった。

「……大丈夫、か？」

目が霞んでよく見えないが、心配そうな洲雲の顔がぼんやりと見えた。

垂れた鼻血と涙を拭う。どうやら汗も流れていたようで、髪が顔にぺったりと張り付いていた。全身が気怠くて、立ち上がろうにも動けない。

「全部、見えましたよ……洲雲さん」

座り込んだまま、つかさは掠れた声で洲雲を呼んだ。

「瞳さんは、あなたのことを恨んではいませんよ」

落ちたライターを拾い、呆然としている洲雲の手に握らせる。

「いや……でも……」

そう簡単に洲雲は信じないだろう。それはわかっている。

一度思い込んでしまうと、他者の言葉はそう簡単には届かない。

「そうですね……いい方を変えたほうがいいですね」

つかさは彼から目を離さず、彼の手に自分の手を重ねた。

「瞳さんは自分の災厄を人のせいにして誰かを恨む人ですか？　大好きな人を、恨むような人ですか？」

「…………………違う」

はっきりとした否定。無意識に漏れた言葉。洲雲の目から涙が零れた。

「まず一番大きかったのは、洲雲さん自身の罪悪感。許さない、という言葉は瞳さんの想いではなく、洲雲さんが抱え続けた想いです」

「俺の……」

「そして次に見えたのは、別れのときに宿った瞳さんの想い。あなたと別れる悲しみ。そして、心配と……大きな大きな愛情です」

「愛情……？」

「瞳さんは洲雲さんを愛していたんですよ」

「それなら、どうして……許さないなんて」

洲雲は呆然としている。どういうことかわかっていないようだ。

「残留思念の一番奥深く。そのライターに刻まれた最初の想いが見えたんです」

なにかわかりますか？　とつかさは洲雲を見上げた。

「……いいや、わからない」

洲雲は首を振る。

「たとえどんなに大切な人でも、時間が経つと嫌でも忘れてしまう。最初は声、そして記憶がどんどん薄れて……やがて、顔も朧気になっていく」

ゆっくり、諭すようにつかさは洲雲にいう。

「お前も意地悪だな。さっさと教えてくれればいいのに」

「……故人のことをゆっくり思い出すのもまた、遺品整理ですよ」

これは彼が自分で思い出すべきだ。そうしなければ、彼の救いにはきっとならない。

自分ができるのはあくまでも手助け。自分を救うのは、自分しかいないのだから。

「……そうですね。じゃあ、なんで瞳さんはこのライターを大切にしていたんですか？」

「これは……俺が社会人になってはじめて瞳の誕生日に贈ったもので――」

は、と洲雲が息を呑んだ。なにかを察したように唇が、手が震えていく。

「いや……まさか、嘘だろ……」

信じられず、洲雲は口を手で覆う。

「許さないって……」

「……思い出せましたか？」

「……約束、したんだ。瞳と」

洲雲は狼狽えたままゆっくりと頷いた。

『洲雲、私アンタのこと絶対許さないから！』

過去に一度いわれたことがあった。遠い、遠い昔の記憶だ。

『ねえ、洲雲。私が洲雲より先に死んだらどうする？』

『はあ？　なに縁起でもないこといってんだよ』

社会人になりたての頃、車の中でそんな会話になった。

運転席には自分、助手席には瞳が座っていた。

愛煙家の彼女の誕生日に少々高級なジッポーライターを贈った。いつも百均のライターを買ってはなくしていたから、これなら多少は気をつけるだろうと思ったのだ。

『もしもの話だって。ほら、私煙草吸ってるし、肺を駄目にして早死にするかも』

『お前が早死にするタマかよ。俺のほうが先に死ぬわ』

『あはは、そうなったら私はさっさと別の男を見つけて幸せになるね』

『お前は俺が死んでもすぱっと忘れてのほほんと生きてそうだもんな』

けらけら笑いながら、瞳は煙草に火をつけた。

お高いライターで火をつける煙草は美味しいねえ、なんて嬉しそうに笑いながら。

『で、質問に答えてよ。洲雲は私が先に死んだらどうすんの？』

『そんときになってみなきゃわかんねえよ』

瞳はたとえ話が好きだった。いつものことだと、聞き流しながら運転に集中する。

『んー……じゃあ私が当ててしんぜよう。そうだな。洲雲なら凄く引きずるだろう。ずるずる引きずって、ずーっとうじうじしてそうだ』

『うるせえよ。お前みたいなヤツ、とっとと忘れてやるよ。うるさいのがいなくなって清々したって思ってやる』

にやにやしてくる瞳に苛ついた。丁度信号で止まり、言い返せば彼女はにんまりと笑っていた。

『それでいいんだよ。お互い、ずるずる引きずることなんかない』

『は……』

『ずーっと一緒にいられることが一番だけど、どっちが先に死んでも、お互い幸せになろう。変にくよくよすると、自分も周りも辛いだろうからね』

寂しそうに笑っていた。

『なんかあったのか？』

『んー……いや、ついこの間、父さんが死んだんだよ。ずっと泣いてる母さん見るのが辛くてね。仲が良ければ良いほど、別れたときの悲しみは深いんだな、と。この私が珍しく真面目に考えちゃってさあ』

ライターを弄りながら、瞳はそう呟く。

自分たちの未来を描きながら、いずれくる別れを想像する。

『自分が先立って、もし遺された人が泣いてたら私は悲しいな。笑って、幸せになっててほしい。父さんもきっとそう思っていると思う。だから、私は笑って幸せになるんだ』

いつも明るくするよう努めている瞳の笑顔には悲しみの色が交ざっていた。

『だからさ、洲雲。約束してよ』

隣を見ると、瞳は真っ直ぐに洲雲を見つめていた。

『私がもし先に死んだら、洲雲はくよくよしないでよ？　絶対引きずらないで。私のことなんか忘れてもいいから。幸せになって。幸せにならないと、絶対許さないから』

指切りげんまん、と子供みたいに小指を差し出してきた。

『わーったよ』

『あ、でも私のこと忘れたら怒るから。はいっ、指切ったっ！』

『どっちだよ、面倒臭いヤツだなあ……』

はいはい、といいながら指切りをした。遠い、遠い昔の思い出。


「そうか……」

あの日、病院で瞳が洲雲にライターを握らせた。

事故に遭ってから目覚めるまで頑なに放さなかったのは、自分の想いを託すため。

『洲雲——幸せにならないと、絶対許さないから』

掠れた声で、最後に力を振り絞って伝えたかったのは不器用すぎる愛情だった。

自分たちが死ぬなんて夢にも思わなかっただろう。でも、予期せずそのときは来た。だから彼女は咄嗟に伝えようとしたのだ。あのとき交わした約束を。

洲雲を縛り付けないように。引きずらないようにと、彼の幸せを祈って。

「…………紛らわしいんだよ……あの、馬鹿」

すとんと、腑に落ちた。

目を手で覆い隠す。そこからは隠しきれない涙が伝い落ちていた。

「大好きな人が、人を恨むようなことというわけないんですよ。私も洲雲さんも、大切な人を自分たちの手で悪者にしてしまっていたんです」

つかさは慰めるように、ぽんぽんと彼の肩を叩いた。

「私を散々苦しめていたのは、洲雲さんの重たーい負の感情でした」

「……うるせえよ」

冗談交じりにいえば、洲雲は参ったようにつかさの肩に手を乗せた。

「最後に見えたのは、プレゼントを貰って喜んでいる温かい気持ちでしたよ？」

「約束……守らないとな。怒られちまう、アイツに」

洲雲は改めてつかさが整理してくれた遺品を見た。

「ありがとう、柊。お陰で全部片付いた」

「いいえ。仕事ですから」

袋を持ち上げる。あれだけ触れられなかった遺品に嘘のように簡単に触れられた。

「いい加減、俺も前を向けってことだな」

持っていたライターを見つめ、袋に捨てようとする。

「――別に持っていてもいいんじゃないですか？」

それを止めるようにつかさが声をかけた。

「前に進もうと思うことは大事です。でも、全てを捨てることとは違うと思うんです」

「でも、忘れなければ前に進めない」

「だから、そうやって忘れるとか捨てるとかするから無理してるっていうんですよ。ゼロか百しかないんですか？　バカですね洲雲さんは」

「なっ……」

真顔の毒づきが心にぐさりと突き刺さる。

「お前は俺を責めたいのか、それとも慰めてるつもりなのか」

「慰めているつもりですよ、これでも」

つかさはライターを持っている洲雲の手を、彼の胸に押しつけた。

「人は必ず死にますし、物もいつかは壊れます。だから、そのときまで一緒に歩いていけばいいんですよ」

差し出されたライターを洲雲は受け取った。

「ほら、よく『人は二度死を迎える』っていうじゃないですか」

「一つは肉体的な死、もう一つは人に忘れられたとき……だったか？」

「ええ。肉体の死は避けられないけれど、二つ目の死は引き延ばせる。誰かが覚えてさえいれば、人はずっと生き続けます。私が祖母を忘れないように、洲雲さんも、瞳さんのことを覚えていれば、ずっと生きていられる」

あなたの中で、とつかさは洲雲の胸を指さす。

「たとえ人は死んでも、物はこの世に残り続けます。その人の想いを残して」

「それが遺品だな」

「私は残留思念が見えるようになってよかったと思っています」

つかさは自分の両手を見つめる。

「私は私のように大切な人の死が自分のせいだと苦しんでいる人を救いたかった」

「俊介くんのときに熱くなってたのは、そのせいだったのか」

「ええ。人は、自分の思いたいように相手の感情を想像したいものですから」

互いに思うところがあり、二人は苦笑を浮かべる。

「大切な方に先立たれた人がこれからも生き続けていけるように、残された想いを繋ぎたかった。だから、私は遺品整理士になったんです」

つかさは洲雲のライターを指さした。

「これは、瞳さんから洲雲さんに残された想いですよ。無理に手放さないで、一緒に幸せになればいいんです。それをきっと彼女も望んでいるはずですから」

「自分を忘れたら許さないって怒ってたからな、アイツ」

笑みを浮かべる洲雲。彼女の話をして心から笑えたのは事故以来はじめてだった。

「柊」

「はい」

「お前に遺品整理を頼んでよかった。瞳の想いを伝えてくれて、ありがとう」

深々と、頭を下げる。それを見てつかさは満足そうに微笑んだ。

「いいえ。それが私の仕事ですから。折角だから引っ越しのお手伝いもしますよ」

「……助かるよ」

そうして二人は日が暮れるまで引っ越し準備に勤しむのであった。

*

「一通り終わりましたね」

「いや……本当に助かった。実は来週引っ越しだったんだよ」

「スケジュール管理甘くありません？」

「うるせえな。このところ仕事忙しかったから仕方ないだろ」

段ボールだらけの家を眺め、二人はようやく息をついた。

汗を拭いながら水を飲んでいるつかさに、洲雲は茶封筒を差し出した。

「なんですか、それ」

「今日のお礼だよ。お前、プロだし」

「え、いいですよ。受け取れません」

ずい、ずいと封筒が行ったり来たりを繰り返す。

「本当にいらないので。仕事仲間とお金のやり取りとか絶対したくないので！」

ずいっと強くつかさが封筒を押しつけた。彼女は頑固だ。こうなれば絶対に折れないだろう。

「でも、さすがにお礼もしないいっつーのは……」

人としてどうかと思う、と洲雲は考え込み、あることを思いついた。

「それなら、飯奢らせてくれ」

目を見開くつかさ。そして沈黙が流れる。

「…………お願いします」

「いや、やっぱダメか……それならなんか別の──は？」

一瞬聞き流した洲雲は目を丸くする。

「え、今……飯行くっていった？」

「…………ええ」

「マジで？」

つかさが照れくさそうに目を泳がせている。さすがに洲雲も動揺した。

これまで頑なに壁を作っていた相手がいきなり歩み寄ってきたものだから呆気にとられてしまう。紗栄子が聞いたら椅子からひっくり返るだろう。

「そうか。よし、わかった。なにがいい。なんでも奢るぞ。言質（げんち）とったからな。やっぱやめたはなしだぞ」

「なんでもいいんですか？」

「さあ、いってみろ」

凄い迫力で洲雲に詰め寄られ、つかさは目を泳がせる。

「……じゃあ、焼き肉？　体、動かしましたし」

「了解。焼き肉だな。店の指定は？　高いとこ行くか？」

「え……いや。そこまで仰々しくされると……やっぱいいです。なんか悪いので」

「いいから、いいから！　今日はぱーっといこうぜ！」

ぐいぐいと洲雲がつかさに迫ったところで、二人のスマホが同時に鳴った。

「なんだ？」

「会社のグループラインですね」

スマホを確認して、二人は目を見開く。

《明日休みだから、みんなで飲まない？　つかさちゃんの歓迎会してないし！　もう四人で焼き肉の予約取ったから。無断欠席キャンセル料一〇〇％！　全員強制参加！》

「うわあ……」

二人の声が重なった。

まるで監視カメラで覗かれていたかのようなタイミングだ。

「あの人どこまで、柊と飯食いたいんだ」

「アルハラ……いや……飯ハラ……？」

「どうするんだよ。行くのか？」

「……行きましょう。なにせ今日は洲雲さんの奢りですから」

そういってつかさは目にも留まらぬ速さで身支度を整える。

「お前もいうようになったなあ」

同僚の成長に感心しながら、二人はマンションを出た。

「しかし、車どうするよ？」

「あ、運転しますよ。洲雲さん、助手席どうぞ」

当たり前のようにつかさは助手席を空ける。

「酒、飲まなくて良いのか？」

「運転代行頼むので大丈夫です」

さらっといって、つかさは運転席へ、洲雲は助手席へ。

この配置もすっかり体に馴染んでしまった。

「いつも悪いな。運転させちまって」

「いえ。別に嫌とは思ってないので」

「少しずつでも運転できるようにするよ。北海道じゃ運転できないと辛いし」

「別に焦らなくて良いですよ。私が運転すればいいんですから」

そうして二人はぴたりと固まる。

「……仕事では、ということですよ」

「わかってるっつの。言い訳すると変な風に聞こえるからやめてくれ」

変な空気を振り払うように二人は手を振る。

「…………いつも助かってるよ」

「もう一声」

彼女はなにをいわせたいのやら。洲雲は深いため息をついてつかさを見た。

「ありがとう。これからもよろしく頼みます」

「どういたしまして」

つかさが笑みを零し、車が動き出す。

「私、結構食べますけど……洲雲さんお財布大丈夫ですか？」

「はは、破産させるのだけは勘弁してくれよ？」

なんて冗談を言い合いながら、車は札幌の街を駆けていく。

こうしてつかさたちの日常は今日もまた続いていくのであった。

前日譚

三年前、出会い

「柊、もう明日から来なくていいよ」

業務終了後、帰ろうとしたつかさに社長が唐突にそう告げた。

「仕事でなにか問題がありましたか」

「いいや。君は他の人に比べたら仕事も速いし、なにより真面目だ」

「それなら――」

一体なにが、と続くはずの言葉は社長の嫌みったらしいため息にかき消された。

「依頼人から苦情が来たんだよ」

「苦情？」

「お前、遺族の前で故人に隠し子がいたとか憶測で話をしたんだってなあ!?」

「憶測ではなく事実ですが」

真顔で即答するつかさに社長はまたはじまったと頭を抱えた。

「赤の他人にそんなことわかるはずないだろ！　とにかくお前のせいで遺族たちは大もめ！　さっきまで怒鳴られて耳がまだがんがんしている！」

「故人はその子のことがとても気がかりだったようです。確かに認められることではないかもしれませんが、私はあくまでも故人の想いを――」

「黙れ！」

ばんっ、と社長が勢いよく机を叩き再びつかさの言葉を遮る。

「故人の想いとかそんなのどうでもいいんだよ！　お前の仕事は遺品整理！　ただ黙って掃除してくればいいっつってんだよ！　くっだらない信条で会社に迷惑かけんな！」

社長は額に青筋を立て、机を何度も叩きながらつかさに罵詈雑言を浴びせかけた。

それをつかさは顔色ひとつ変えずに受け止めながらも、その拳は固く握られている。周囲にいる社員たちは関わらないように素知らぬふりをし続けていた。

「大体、遺品触りながらぶつぶつ独り言いって気味悪いんだよ。なにが遺品だ。あんなもん、捨てちまえばただのゴミだろ！」

その瞬間、ばしゃりと水音がした。

社内がしんと静まり返る。つかさの手には社長の机に置いてあったマグカップ。そして彼女の向かいに座る男の顔と服は冷めたコーヒーで濡れていた。

「わかりました。今日限りで失礼致します。机にもロッカーにも私物はありませんので、片付ける物もありません。作業着に関してはクリーニングしてからお返しします」

一息にそう告げると、驚き固まっている社長を一瞥し扉の方へ向かう。入り口横に掲げられている『遺品整理おもいやり』という会社名が目に留まり、つかさは振り返った。

「遺品がゴミだと思うなら、遺品整理業ではなく清掃業に名前変えたらどうですか？　あなたがたのような無責任な人間に片付けられる遺品が不憫でなりません。そんな考えなのに『おもいやり』という会社名をつける神経が信じられません」

「にっ、二度とそのツラ見せんな！　この疫病神！」

社長の怒号とともに飛んできたペン立ては、虚しくもつかさが閉めた扉にぶつかっただけだった。

＊

大学卒業後、つかさが遺品整理の仕事に就いて早二年が経とうとしていた。

「おばあちゃん、また会社クビになっちゃったよ」

仏壇の前で祖母の遺影に話しかける。

つかさがこうしてクビになった会社はこれで四社目。今回は三ヶ月。過去最速記録を更新してしまった。

クビの原因は、依頼人からの苦情や会社との意見の食い違いが殆どだ。だが、つかさは自分の考えが理解されるとは思っていないし、されたいとも思っていなかった。他人の目や意見なんてどうでもいい。彼女はただ一つでも多くの遺品と向き合うことができれば良いと思っていたからである。

まあ、要するに――当時の柊つかさはかなり尖(とが)っていた。

「……緊急募集」

そうはいっても、人間は労働してお金を稼がなければ生きていけない。

行儀悪くも仏間で寝転びながらスマホで職探しをしていると、ある求人が目に留まった。

「遺品整理……メメント……」

写真はなく、文章だけの簡易的な求人だ。おまけに文章もテンプレではなく誤字だらけの手打ち。至急人を探していることだけは伝わってくるが、あまりにも拙すぎる。

でも、何故かそこから目が離せなかった。

「……一つでも現場をこなせるなら」

働かないとどうにも落ち着かない、根っからのワーカホリックだ。

それだけの単純な理由で、つかさは応募ボタンをぽちっとしていた。

＊

「いやあ、ありがとうっ！　来てくれて本当に助かったよっ！」

――数日後。直接現場に赴くと、社長がつかさの姿を見つけるなり嬉しそうに握手を求めてきた。

「はじめまして、メメント代表の笹森です！　今、社員が怪我で長期入院してて……人手が全然足りなくて、もうどうしようかと思ってたんだ。求人出しても全然人が来なくてさ！　柊さんが来てくれて本当に嬉しいよっ！　ありがとう！」

「は、はあ……」

あの求人じゃ誰も来ないと思う……という言葉を呑み込んだ。

無表情のつかさに対し、笹森は感謝を伝えるように両手で握手をしてぶんぶんと振ってくる。

背が高くて、明るくて、色んな意味で人が好きそう——これまで勤めてきた会社の社長たちとは全く雰囲気が異なる人物だった。

「というわけで、今日はよろしくお願いします！」

「……よろしくお願いします」

仕事の前に挨拶されること自体はじめてだったつかさは面食らいながら会釈をする。

そう。彼女はまだ、自分が今まで勤めていた会社が超ブラックだったということを知らずに生きてきたのだった——。

「柊さん、すごく手際がいいねっ！　これなら早く終わっちゃうかも！」

笹森と働きはじめた第一印象は——やりづらい。これに尽きた。

なにをしても褒められる。まさに褒め殺し状態だ。

こんな陽の気をまともに浴びたことのない柊は息が詰まりそうだった。

「重い物とかは僕も手伝うから、遠慮なく声かけてね」

笹森は手際がとてもいい。しかし、なによりお喋りだった。

今日の現場は依頼人の亡き母親が一人暮らしをしていたという空き家の遺品整理。依頼人は不在で、作業は二人きりだった。

「……あの。作業中は極力話しかけないで頂けますか」

つかさの想像以上に冷たい声が口をついて出た。

ふと笹森を見れば、目が点になっている。

（しまった……）

怒られて現場を追い出されるだろうかと身構えたが、その反応は想像の真逆だった。

「あ、ごめんね！　つい洲雲くんと二人で現場に来てるみたいな感じがしちゃって、つい！」

駄目だなあ、と笹森は独り言を呟きながら肩を落とした。

一人で落ち込んで、一人で反省している。

（……なんなのこの人は）

はじめて出会うタイプにつかさは戸惑うばかりだ。

大きな背中を小さく丸めたその姿を見て、はじめて罪悪感を覚えた。

昔から人と接することは苦手だ。でも嫌いなわけではない。

ただ、仕事中は特に余計な雑念を入れたくなかった。上手く残留思念が読み取れなくなるから──なんて説明しても誰にも理解されないだろう。端(はな)から理解なんて求めていない。

(気にしない。いつも通りにすればいい)

心乱されるな。今日限りの付き合いなのだから、気にかける必要もない。乱されたペースを戻すように手早く片付けをしていると、ある遺品に触れた。

「──あ」

「ん？　どうしたの、なにかあった？」

静かになった空間で、つかさの声はよく通った。

「……あの。この遺品、ご遺族の方にお渡ししてもらえませんか？」

つかさが差し出したのは、歪(いびつ)な形をした陶器製の湯飲みだ。

「でも……この家の遺品は全部処分してほしいって、いわれてるんだけど……」

「これは故人の大切な物でした」

戸惑う笹森につかさが食い気味に話す。彼女にはこの遺品の残留思念が見えていた。

掌から伝わってくる温かく優しい気持ち。そして溢れだす愛おしさ。

だが、それを伝えたところで誰に理解されるわけでもない。ここにはそれを渡す遺族の姿もないのだから。

「……すみません。忘れてください」

諦めて廃棄用の袋に入れようとしたとき──。

「ちょっと待って」

笹森の声につかさの手が止まる。

「わかりました。必ず、ご遺族にお渡ししよう」

「……どうして」

突然の行動につかさは面食らう。

「あなたの遺品に接する姿を見て、嘘をついているようには思えなかったから」

笹森はにこりと微笑みながらつかさの手から湯飲みを受け取った。

「さ。あと少しだ、頑張ろう！」

「……はい」

笹森の励ましに、つかさははじめて仕事場で肩の力が抜けた気がした。


「――仕事が休めなくて！　本当にすみません！」

夕刻、遺品整理が終わる頃、慌てた様子で依頼人が家にやってきた。

てっきり依頼人は不在のまま仕事を終えると思っていたつかさはまた面食らっていた。

「わあっ……凄く綺麗にしてくれて……」

依頼人の女性は綺麗になった家を見回しながら目に涙を浮かべていた。

「自分が生まれ育った家が取り壊されるって……なんだか寂しいですよね」

「この家に居続けようとは思わないんですか？　お母様との思い出を全て捨て去らなくても」

ふいに口をついて出ていた。つかさは祖母を失い、その思い出に縋るように今も祖母の家に住んでいるからだ。

「それも考えたんですけど、この家ももう古いし……遠方に住んでいるので、私一人で管理するのも難しくて」

人には様々な事情がある。生まれ育った場所でずっと生きる人間の方が少ないだろう。

「そうだ……これ」

笹森は先程つかさに託された遺品を渡した。それを見た女性は懐かしそうに目を細めた。

「これ……私が小学生の頃に母の日のプレゼントにって作ったやつ……」

大切そうに両手で受け取って、彼女は歪なそれを指でなぞる。

「上手にできなくて私は早く捨ててくれっていったのに、お母さん気に入ってずーっと使ってて。早く壊れると思ったらぜんっぜん壊れなくて」

思い出を懐かしそうに紡いでいく。

「この家とお別れするのは寂しいけれど、でも……母との思い出はずっと残っているので。これ、捨てないでくださってありがとうございます」

湯飲みを握り締め、目に涙を浮かべながら幸せそうに微笑む彼女を見て、つかさはああ、これでよかったのだと安心して、微笑を浮かべた。

やはりこうして故人が残した想いを伝え、遺族が幸せに微笑んでくれることがこの仕事の一番のやりがいだ。

＊

「いやあ……無事終わったね。柊さん、本当にありがとう！」

「いえ……」

別れ際、笹森はつかさが車を停めている駐車場まで見送りにきていた。

何度もお礼をいわれ、さすがのつかさもげんなりしはじめていた。

「依頼人さん、喜んでくれてよかった。柊さんのおかげだよ」

「私は……なにも。ただ……そう思っただけで」

「それでも、柊さんはあの娘さんの大切な思い出を守った。きっと僕だけだったら捨ててしまっていただろうから。本当にありがとう」

心からのお礼につかさはあまりのもどかしさにいたたまれなくなり、視線を逸らした。

「……大切な人がいなくなるって、やっぱり悲しいよね」

「何の話ですか？」

ふと視線を戻すと、笹森は寂しそうな表情で遠くを見ていた。

「……部下がね、今その悲しみと戦っているんだよ。少しでも、その人との明るい思い出を思い出させてあげられれば……救われるのかもしれないけれど。今はどんな記憶も彼を苦しめてしまうことになるだろうから……」

自分のことのように苦悶の表情を浮かべている。

ああ、この人の下で働ける人はとても幸せだろうと思った。

「ねえ、柊さん。次の職場は決まってる？」

「……ええ」

咄嗟に嘘が口をついて出てしまっていた。

「そっかあ……もう少し早く出会えてればなあ。是非とも即戦力としてウチに来てほしかったのに」

「……はあ」

笹森は残念そうに頭を掻いていた。

人付き合いが苦手なことはつかさも自覚していた。笹森の申し出を断ったのは、同じ職場が長続きしない自分は、きっと彼の下に行っても、すぐに辞めることになってしまうだろうと思ったから。そしてそれを少しだけ怖いと思う自分がいたからだ。

「……もし、仕事で悩むことがあったらウチの会社を考えてくれたら嬉しいな。柊さんなら大歓迎だよ」

「……考えておきます」

差し出された簡素な名刺をつかさは大切に財布にしまった。

笹森のその言葉が社交辞令ではなかったことが判明するのはここから三年後の未来。

アルバイトを現場から閉め出したため、会社をクビになったつかさが仏壇の前で財布を広げたところ、たまたま笹森の名刺が落ちてきた。

「あの……私、柊と申します。三年前に一度お仕事ご一緒させていただいたのですが……」

そしてつかさはなにを思ったか笹森に電話をかけたのだ。

『えっ!? 柊さん!? 名刺持っててくれたのっ!? ウチで働きたい!? いいよいいよ、大歓迎!』

面食らいながらも嬉しそうな笹森の大声が電話越しに響いてきた。

律儀に三年も前のことを覚えていてくれるだなんて彼らしいと、つかさはふっと笑みを零す。

『あ、そうだ。ひとつだけ確認したいことが』

「はい、なんでしょう」

『柊さん、運転免許持ってたよね？』

「ええ……普通免許なら」

『ぜんっぜん大丈夫！　ノープロブレム！　それじゃあ月曜日から早速よろしくね！』

「あの面接とかは――」

と尋ねる前に一方的に電話が切られてしまった。

こんな感じで大丈夫だろうか。なんだか不安になってしまうが、彼の下ならきっと大丈夫だろうという根拠のない確信があった。

「おばあちゃん、新しい職場が決まったよ」

今度は長くいられますように、と祈りを込めて手を合わせた。

そんな孫を見守るように、遺影の祖母の顔は心なしか朗らかに微笑んでいるような気がした。

メメントで、つかさと洲雲の凸凹コンビが運命の出会いを果たすまであと数日――。

後日譚

忘年会

「一年お疲れ様、かんぱーいっ!」

ガチンとジョッキを打ち付け合う。十二月二十八日の夜のこと。

「いやあ、今年もあっという間でしたねえ」

「今年は柊さんも来てくれて、一層賑やかになったねえ」

「洲雲くんも最近明るくなったし〜いい年になりましたねえ」

笹森と紗栄子のほのぼのとした会話が続くその向かいで、つかさと洲雲はちびちびと酒を飲んでいた。

「つかさちゃんと一緒に飲むの、この間の強制参加歓迎会以来じゃない?」

「さすがに忘年会は参加しますよ。それに、これまではタイミングが合わなかっただけで別に興味がなかったわけでは……」

「ほらほら、いいから。今日はたんと食べて飲んで! なにせ社長の奢りだから!」

既に出来上がっている紗栄子は立ち上がり歩み寄ってくると、つかさと洲雲に肩を回しながらメニューを押しつけはじめた。

「……いいんですか?」

ちらりとつかさが笹森を見れば、彼はジョッキに残っていたビールを一気に飲み干した。

「いいよいいよ! もう好きなだけ食べちゃって!」

「よっ、社長! すみませーん! 注文お願いしまーす!」

笹森と紗栄子が盛り上がる一方、洲雲がやれやれと頭を抱えた。

「あー……紗栄子さん、社長。やめたほうがいいっすよ」

洲雲が止めたが既に遅かった。つかさは店員を呼び止めると、メニューの端から端を指ですーっとなぞる。

「えっと……ここから、ここまで一つずつお願いします」

「――は？」

笹森たちが固まった。

「ご心配なく。自分で頼んだ分はきちんとお支払いしますので」

「いや、そうじゃなくて！　本当に食べられるの!?」

あんぐりと口を開ける紗栄子。放心状態の笹森は財布の中身を数えだした。

「柊、めっちゃ食うんすよ」

「だって、歓迎会のときは普通の量しか食べてなかったっしょ！」

「あれはコースでしたから。食べられるときは、食べるというだけです」

つかさは日頃から大食らいというわけではない。昼食はコンビニのサンドイッチや弁当で十分足りる。だが、その片鱗を洲雲はちょくちょく見ていた。

「こいつ、あのチャーハンラーメン付き余裕で食べますからね。それ以外もまあ……ちょくちょく」

「信じられない……って、ちょっと待って！　洲雲くん、知ってるってことは……二人でご飯食べにいってるってこと!?　え、嘘信じらんない!?　いつからそんな関係に!?」

「変な方向に曲解すんな！　違いますよ！　現場の合間に飯食いに行ってるだけです！」

だから話すの嫌だったんだ、と洲雲はジョッキを呷りながら悪態をついた。

遺品整理のお礼を兼ね、洲雲がつかさに焼き肉を奢って以来二人は昼食を共にすることが多くなった。奢ったり奢られたり、その繰り返し。今では互いにおすすめの店を教え、食べに行く仲だ。もちろん、そこに恋愛感情などは一切ない。たぶん。

「……洲雲さんがおすすめしてくれるお店、とても美味しいので」

「そういう柊だって結構良い店知ってるだろ」

「はあっ!?　ずるいずるいずるい！　今度私も誘いなさいよ！　というか、そんなにお店知ってるなら来年の忘年会の幹事二人でやってよね！」

和気藹々と盛り上がる中、笹森が財布をぱたんと閉じた。

「わかった！　もういいよ！　今日は好きなだけ食べて！」

「ありがとうございます」

やけ気味に発せられた笹森の言葉に、全員が即座に反応し頭を下げる。

こうしてつかさの注文はのべつまくなく飛び交い、テーブルの上は山盛りの料理で埋め尽くされている。それを黙々と食べては酒で流し込んでいくつかさのフードファイトぶりを肴にしながら、メメント一同は話に花を咲かせるのであった。

＊

会計を済ませ、寒空の下に出てきた四人。本格的な冬に入った北海道。夜の気温は氷点下になり、外に出るだけで酔いが覚めるほどの寒さを感じる。

「はー……お腹いっぱい。もう一軒行きます？」

「いやあ、今日はもうさすがにお開きにしようか」

「俺は徒歩で帰るんで……社長と紗栄子さんは気をつけてくださいね」

「大丈夫大丈夫。私たちお互いに地下鉄で一本だから！　ねー、社長」

酔っ払っている紗栄子を笹森は苦笑いで宥めている。

「私は……終バスないので、タクシーで帰ります」

スマホを見ていたつかさの一言に全員が目を丸くした。

「……え？　終バスって……まだ九時だよ？」

「私の家、最終バスが八時に行ってしまっているので」

「ど、どんな田舎？」

「……山奥ですが、一応札幌市民です」

冗談めかしてつかさがいえば、笹森が大慌てで財布からお金を出した。

「これ、タクシー代にして！」

「え……いいです。結局ご馳走していただいたうえに、受け取れません」

「駄目！　女の子一人じゃ危ないいんだから！　戸締まりしっかりするんだよ！」

「は、はあ……」

有無をいわさず笹森はつかさに車代を押しつけると、突き返される前に酔っ払いの紗栄子を連れて駅の方へ歩いて行ってしまった。

「……社長、こういうところは頑固なんですね」

「娘を心配する父親みたいな感覚だろうよ」

二人を見送るつかさの隣に洲雲が立った。

「洲雲さんも帰っていいですよ？　一人でタクシー拾えますので」

「いいよ。この時間じゃ中々捕まらないだろうし、俺がいたほうが目立つだろ」

通り過ぎていくタクシーはどれも『賃走』の文字。確かに忘年会シーズンだとタクシーは中々捕まらないだろう。

道ばたに立ちながら、二人でマフラーに顔を埋めてじっとタクシーを待つ。会話もなく、やがてちらちらと雪が降り始めた。

「……あの二人、わざわざ俺のために家の近くで忘年会してくれるんだ。どれだけ心配なんだか」

「社長も、紗栄子さんも……洲雲さんのことが大好きなんですよきっと」

「お前……酔ってんのか？」

「そうですね……少し」

柄にもないこといいました、とつかさは照れくさそうにはにかんだ。

「ねえ、洲雲さん。来年、お店選び協力してくださいね？」

「あ？」

「忘年会の幹事なんて今までしたことないので」

わざと遠くを見ながらつかさはぽつりと呟いた。

「はっ……気が早いんだよ。バカ真面目だな、柊は」

洲雲はコートのポケットに手を突っ込んだまま、隣に立つつかさを肩で軽く小突いた。

「こういうのは念入りな準備と、心構えが必要なものでしょう」

バカ真面目は余計です、とつかさも小突き返す。そうしてようやく二人の視線が重なって、どちらからともなくくすりと笑みを零した。

「いいよ。そんときゃ俺も一緒に考えてやる。来年の忘年会までお前がウチにいたらな」

「……笹森さんにクビにされないことを祈りますよ」

丁度そのタイミングでタクシーが二人の前に止まった。

「じゃ、気をつけて帰れよ」

「はい。洲雲さんもよいお年を。来年もよろしくお願いしますね」

身をかがめてタクシーに乗り込んだつかさは、洲雲を見上げて小さく手を振った。

「ああ。よいお年を」

そうしてバタンと扉が閉められた。

洲雲が先に歩き出し、タクシーがそれを抜き去るように走り出すと洲雲が小さく手を振った。

それを見つめながらつかさは小さく笑みを零す。

(――いい年だった)

冬がはじまり雪が積もりだすと、どうしても祖母のことを思い出して気が沈んでしまう。けれど、今はそんなことはない。とても楽しい夜だったと、つかさはほろ酔い気分の体を窓にもたせかけ、柔らかい笑みを浮かべるのであった。

【参考文献】
「遺品整理士という仕事」木村榮治（平凡社新書）

あとがき

この本をお手にとって頂き、ありがとうございます。作者の松田詩依（まつだしより）です。

なにを書こうか迷っていたのですが、この作品が「遺品」をテーマにしているので、私自身の遺品にまつわるお話をしたいと思います。

話は二〇二〇年の夏に遡ります。息子を出産し、入院していたときのことです。

テレビで毎日同じ時間にとあるCMが流れていました。

お金が貯まりやすい緑の長財布！　と、まあ、よくある通販番組です。

こんなの買う人いるのかなー、なんて当時は強烈に印象に残っていました。

その年の冬、祖母が亡くなりました。体調を崩して一週間。突然すぎる別れでした。

ひ孫を嬉しそうに抱いて「また来るからね！」と元気に別れた三ヶ月後のことです。当時はコロナ禍だったので、私は祖母に会えず、最後に話せたのは電話ででした。

「私が死んだら、アンタに財布あげるからね。大切に使うんだよ」と再三念押しされました。それはもうしつこいくらいに。

そこまでいうなら大層凄い財布なんだろうと思っていましたが、葬儀後、いざ渡されたのは緑の長財布。どこかで見覚えがあるような……。そう、入院中毎日見ていた例の財布だったのです。

「買ってる人ここにいたのかよ！」思わず叫びました。そういえば、祖母は昔からテレビショッピングが大好きで、おまけに風水や占いなどはすぐ信じる人だった！

財布の中には、少しの現金と、近所のたい焼き屋さんのポイントカード。そして『令和』と書かれた手書きのメモが入っていました。きっと元号を忘れないように書いたのでしょうね。

祖母が亡くなって三年が過ぎましたが、まだあの財布は健在です。

この笑い話とともに、壊れるまで使い続けるつもりです。

作中で洲雲とつかさが話していましたが、遺品が残る限り、誰かが覚えている限り、人は亡くなっても思い出の中で生きていてくれると思うから。

こうして本という形になったので、祖母は半永久的に生き続けてくれるでしょう。

なんて……個人的な話にお付き合い頂きありがとうございました。

さて、改めて、担当編集の佐藤様、装画を担当して頂いた夢子様、そしてこの本に関わってくださった全ての皆様に感謝を。またどこかでお会いしましょう！

二〇二四年二月　松田詩依

ことのは文庫

サイレント・ヴォイス
想(おも)いのこして跡(あと)をたどる

2024年2月26日　初版発行

著者　松田詩依(まつだしより)

発行人　子安喜美子

編集　佐藤　理

印刷所　株式会社広済堂ネクスト

発行　株式会社マイクロマガジン社
URL：https://micromagazine.co.jp/
〒104-0041
東京都中央区新富1-3-7 ヨドコウビル
TEL.03-3206-1641 FAX.03-3551-1208（販売部）
TEL.03-3551-9563 FAX.03-3551-9565（編集部）

本書は、書き下ろしです。
定価はカバーに印刷されています。

ISBN978-4-86716-533-1　C0193
乱丁、落丁本はお取り替えいたします。